小说家的散文

王安忆 著

旅馆里
发生了什么

河南文艺出版社
·郑州·

图书在版编目（CIP）数据

　　旅馆里发生了什么/王安忆著. —郑州:河南文艺出版社，2019.8（2020.10 重印）
　　（小说家的散文）
　　ISBN 978-7-5559-0823-4

　　Ⅰ.①旅…　Ⅱ.①王…　Ⅲ.①散文集-中国-当代　Ⅳ.①I267

中国版本图书馆 CIP 数据核字（2019）第 068406 号

旅馆里发生了什么
LüGuan li FaSheng le ShenMe

选题策划　　陈　静
责任编辑　　陈　静
书籍设计　　刘婉君
责任校对　　赵红宙
责任印制　　陈少强

出版发行　　河南文艺出版社
本社地址　　郑州市郑东新区祥盛街 27 号 C 座 5 楼
邮政编码　　450018
承印单位　　河南瑞之光印刷股份有限公司
经销单位　　新华书店
开　　本　　787 毫米×1092 毫米　1/32
印　　张　　8
字　　数　　157 000
版　　次　　2019 年 8 月第 1 版
印　　次　　2020 年 10 月第 2 次印刷
定　　价　　38.00 元

作者简介

王安忆，作家，现为复旦大学教授、中国作家协会副主席、上海市作家协会主席。迄今出版长篇小说《长恨歌》《启蒙时代》《匿名》《考工记》等多部，中短篇小说集、散文集等多部，约六百万字。曾获全国优秀短篇小说奖、全国优秀中篇小说奖、茅盾文学奖、鲁迅文学奖、马来西亚"花踪世界华文文学奖"、香港"红楼梦奖"等奖项，2011年获国际布克奖提名，2013年获法国文学艺术骑士勋章。

目录

第四辑　对话

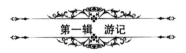

第一辑　游记

纽约

一　纽约的冬和春

纽约的冬天十分漫长,到三、四月,依然寒冷,偶一两日转暖的间隙里,樱花却适时绽出花朵。这樱花不是成片和成行,而是街头一株,街脚一株,径自开放。气温瞬息下降,照理要颓败了,可是它不,花季既已开始,就不可中途废弃,必要坚持到底。在萧瑟的冬景里,就这么透露出春期的信息。因要经受严寒的考验——纽约的冷可不是闹着玩的,冻得你哭,所以,那樱花就很苗壮,事实上,离樱花的本意相当远了。亚洲的樱花,常有"婆娑"之状,类似纱和绢的材质。有一年初春,韩国仁川的夜里,走在山路,漫坡的樱花,仿佛遍地起雾,一眨眼工夫,开始落英,飘飘摇摇，带一点星光，扑朔迷离，真好比人在绮梦。纽约的樱花则是确凿的现实，颜色也要肯定得多，意志是坚定的。在日本，樱花也象征着意志，通常用来喻作武士精神，但是指败势——全盛时一谢而尽，义无反顾。在纽约，樱花是败在枝头的，焦枯的一骨朵一骨朵，有股子蛮劲，所以，意志是在花开，有点原始人的性格。寄居的公寓楼下，有一个"日本花园"，在城市花园评比中得过名次。为什么叫"日本花园"，可能是园中草木来自日本。我不识植物，也就看不出来，只觉得这一方园地经过修剪，呈现出人工的刻意。而纽约的裸土，多是野蛮生长，肥沃的地力从水泥钢铁的接缝里窜出来，养息着杂树杂花。

据称，这一年是少雪的冬天，但也有过几次雪飘，其中最大的一场，亦相当可观。事先通知停止路面车辆交通，于是，一眼望去，就成白色旷野，一座座雪堡即是楼房。日间没有出门，暖气烧得起燥，只见一排排白色鸟雀，从窗前垂直坠落，是被降雪压下去，还是辨不出方向，将地上当天空，来个倒栽葱。风扫着雪粒，呼啦啦往这边来，又呼啦啦往那边去。看不见人。楼下的空地，原本是幼儿园的游乐场，每日里，以罩衫颜色为组别的小孩子，七八人一队，八九人一队，由各自老师带领玩耍，我们称之"红衫军""绿衫军""蓝衫军"。其时，各路军销声匿迹，滑梯、秋千、跷跷板、小车、木马，都埋在雪里，看起来很是寂寥，就像回到宇宙洪荒。

晚上，赴朋友生日宴。铲雪车推出的干道，即刻被新雪覆盖，再推开，再覆盖，到底留下一条浅路，供出门人行走。出乎意料的是，脚下极其松软，这大约就是"干雪"了。所以就不打滑，只是走不快，缓缓陷进去，缓缓拔出来，时间和力气都耗去一些。气温应该是低的，可是并不觉得，风吹来，雪粒似板子刮在脸上，不是凉，而是疼痛。想起古人的咏雪诗，"燕山雪花大如席"，一直讨论是指整体，还是单独，现在以为应在前者，就是雪阵，扑地而来。推进餐馆的门，即刻人声灌耳。前台是等座的人，趋进是寄存衣服的队伍，餐桌挤得不能再挤，服务生忙得不能再忙。街上的人都汇集在这里了，身上的寒气和雪片，在暖热中化水，烛光变得湿漉漉的，呼吸也是湿漉漉的。爱斯基摩人的冬天大概就是这样，在帐篷火堆旁，剖开马哈鱼，剥下一张完整的皮，然后，鱼肉割成一绺一绺，烤在火上，刺刺地响，故事篓子就打开了。此时此刻，所有的人都在说话和大笑，极尽全部注意力和听力，方得只言片语入耳。要是有故事，也都成零碎了。客人还在拥入，订餐的电话一个劲地响，于是，一个劲地加座，门厅里，遮风的皮帘子底下，都安了餐桌。

一顿饭的时间，雪又下猛了，铲雪车轧过的痕迹一点看不出来，凭依稀的印象，以及建筑物的参照，在齐膝的雪里，犁地般地蹚路。为保持平衡伸开手臂，扶到的是雪墙。真也不觉得冷，就是睁不开眼，雪粒子封住了眼，立定等它过去，人就种在了雪里。

5

有一段路是在酒店的廊檐下走,灯光里立着门卫,往路上撒盐,雪就退下了,走过去,又是雪路。这一条路是从华盛顿广场穿行,走一截,回头看,白色平原上耸立白色的小凯旋门,像生日蛋糕上的奶油,有歌声和叫声,仿佛在很远的地方,降雪改变了声线,视线也有所改变。曼哈顿的海拔似乎抬高了,与天空接得很近,人呢,变得很小,爬在雪沟里,盲目地挪步子。

第二天,是个大晴天,太阳高照,尖利的阳光穿透大气层,却穿不透积雪,还是要靠人力。百老汇大街上,商铺门前,店员们都在奋力铲雪,堆到路边。汽车轮胎,大踏步的靴子底,将余下的残雪碾碎,纽约人的脚步特别有力,人行道的钢板哐哐作响,污水横流下露出金属的表面。纽约一定是生产钢铁的年代里建成的,墙的立面是钢铁,露天的防火梯是钢铁,桥梁的钢架,铸铁的门窗,城市的钢铁的回音壁,反射出铿锵之音。气温还是在零度以下,雪就变成一种固体,倒也不是冰,依然保持松软的质地,需要多个升温的日子,才能化成液体,挥发干净。

真正的寒冷在二十天以后来临,官方气象部门报告零下十六度,学校给员工信箱发出预警,称之"危及生命"之寒潮。恰是周末,红绿衫军们未到校,楼下的乐园空寂着。路上行人极少,凡在外必须疾走,略一停顿便血流凝固。无风尚可坚持,一旦有风,顿时站立不稳,周身麻木,意识都开始模糊,对环境失去判断。而曼哈顿岛地势平坦,楼宇纵横排列,于是四面来风,人称"穿堂风"。

幸而店铺照常营业，受不了时，便一头扎进门内。没有顾客，店员显然知道来意，善解地静立一旁。就这样，一忽儿进，一忽儿出，将路程走完。不知觉中，满脸是泪，还有皮帽上蒸化的水珠子。太阳出奇地明亮，很可能是因为空气透彻，不像亚洲，长年处在氤氲中。曾在什么地方看到日本美术史学者千叶成夫说过的一句话，大致意思是空气的湿度决定绘画的性质。我想，不仅绘画，还有音乐、文学、思想，大约也受此规范呢！我们生活在湿度较高的环境里，中医有一个基础性概念，就是"湿"。而纽约，湿度很低，日光取直而下。

之后，进到三月，街角的樱花已有几株吐蕊，月末的时候，又有一次严寒。虽不至于通告预警"危及生命"，但因具体所在位置，感受甚至有过之无不及。这一日，纽约的张北海携我们往修道院博物馆。张北海是老纽约，1983 年尾，我随母亲和吴祖光先生从爱荷华"国际写作计划"出发，旅行全美，来到纽约，就住在他位于百老汇街东头的家里。那时，他还在联合国工作，专门请假带领我们游览。退休之后，他独自一人遍走纽约，做田野调查。因文艺人的眼光——不是吗？他本名就叫"张文艺"——他看到的纽约与旅游指南不同，也和正史记载不同，而是别开生面，独创路数。这一回来，我们的公寓竟与他家相邻，十分钟的步行路程。事实上，居住纽约，也是多年来他一直怂恿的，来到不久，便向他报到了。他引去苏荷区一家老店，当年劳工们在此餐饮打尖，如今保持工业时代旧貌，座上客已换作时尚消费一族。先喝上一杯，然后制订计划，一半自助，另一半由他亲领，即可粗疏覆盖曼哈顿。这个春寒料峭的下午，张北海率我们出行，就是其中一项。

去时尚不觉得，地铁往上城方向，经过哈林区，到一百九十街下。午时的寒意比较含蓄，走在哈得孙河边的坡路，草木都已泛青，临高远看河面，金水流淌，就有暖色。参观完毕，出来博物馆大门，情形就不太对了，少顷，周身冰凉，站立不定。从哈得孙河上过来的风，在坡地回旋，多少消耗些能量，一时还可坚持，温度却已降到零度以下。好不容易等到巴士，上得车去。车厢里的温暖简直让人动容，眼睛湿湿的，可是，寻访的项目没完呢！下一节是看李鸿章栽的树。在一百二十街下车，天色大变，日头收起了，风一股一股袭来，前后夹击，越往河边——李鸿章的树就在那里——风越凛冽，气温降得更低。张北海走在风里，衣着单薄，却毫无瑟缩之意，周遭环境对他没有任何影响，而我们一个个东倒西歪，脚步踉跄，泪眼迷离中，只看得见他的背影。就像德国作家派屈克·徐四金的小说《夏先生的故事》，他就是那个夏先生，往前走，往前走，"不论是下雪、降冰雹、刮暴风、大雨倾盆、阳光炽热如火、狂风来袭"一直一直往前走，最终走进湖水。哈得孙河复又亮起，闪闪发光，是一种兵器的光芒，风就从那里来。到了李鸿章的树跟前，所有的草木都在大幅度摇摆，很奇怪，听不见风声，而万物移动。更加离奇的是，李鸿章的树，被铁栅栏围起的一小圈

8

地上，不是一棵，而是两棵。关于李鸿章栽树的由来，旅游手册和中美关系史上都有记载，在我们最切身的经验就是，大风天，以及大风施向人间的魔法：一棵树变成两棵树；还有，张北海变成夏先生。

当日项目最后一个内容，到导演李安经常光顾的中国餐馆"五粮液"吃晚饭。大风继续作祟，推门进去，不是"五粮液"，而是"山王"，应该算作第三个魔法。

那几个惊世骇俗的寒冷日子，异峰突起在漫长的冬天里，否则，日子就会显得平淡；现在，有了高潮和跌宕。正当你以为冬季永远结束不了的时候，春天突然来临。就仿佛在一瞬间，路上满满的人，餐桌餐椅从门里蔓延到门外，铺满街面。这些桌椅，叠架在墙脚，铁链子拴着，铁锁扣着，结着霜，盖着雪，几乎要长在一起，现在，被晒得滚烫，坐满了人。坐不到的，就站着，挤成一堆。人们都穿了单衣，在羊毛、羽绒、皮革里捂了一冬的身体——听起来就像原始人，此时来不及地裸出来，接触空气和太阳，顿时镀上一层釉。被寒冷压缩收紧，结成饼状的物质，这时候蓬松开纤维，拉出丝来，于是，视野就变得毛茸茸，亮晶晶。抑郁症一扫而空，人人意气风发，浩荡前进。各种花都在怒放，樱花却谢幕了。华盛顿广场上，做了一个小花坛，粗人动的细巧心思，笨笨的，让人好笑，又有点鼻酸。四下里都是人，长椅上，石墩子上，草地上，树下，各样的地摊都摆出来了，翻筋斗的，耍棍棒的，唱曲子，拉四重

9

奏;还有诗歌摊子,席地而坐,守一台老式打字机,出售诗歌,亦可定制,就像移民方才涌上海岸时的代写书信。各种组织的募捐也来了,为患病儿童,为妇女,为无家可归的人。有一种募捐很别致,募的是故事——有意者可在一页纸上写下文字,然后用晾衣夹子夹在拉起的棉线上,纸片儿在风中起舞。到了夜间,交易大麻的贩子出动了,广场公园灯光昏暗的一角——对了,满街都是大麻焦叶般的气味,许多地区将它排除出毒品的名单,但依然保留违禁的遗韵。我最喜欢的景观是从纽约图书馆的窗户望出去,那一片新绿,垂柳底下的春衫,被照得透亮。这个钢铁城市,忽然轻盈起来,薄如蝉翼,都能飞上天去。

二 托尼

纽约大学安排的公寓,房主是语言学系的教授,正休学术假,去往非洲部落丛林考察,正有六个月的空档,就托学校寻租客,恰逢我们需要,于是,两相适宜。入住十天光景,一日下午,忽有两名校警上门问询,总起来是三项:一是入住时间,二是由谁安排,三是同住几人。问答完毕即离去。原以为例行检查,并未放在心上。闲话中向朋友提及,个个神情大异,都说此事不妙,必有原因。推来算去,联想入关审核,缺少一份工作签证的 I - 129 表格,被留验身份,俗话叫作"关小黑屋子",但很快检索档案,"释放"出来,会不会是这件插曲的后遗?又回忆访客中有无从事尖端行业,受中情部门注意?近来不是有两名中国高科技人员被拘审,引起轩然大波了?虽觉不像,但凡事都有万一,谁能确定呢?最直接最朴素的反应——朋友中的一位说,你们得罪什么人了!初来乍到,与邻里并无交集,友和敌都无从谈起。不过,到底存了一个心,留意起周遭人事。第一个进入视野的,是白人门卫布朗先生。头回见面,他便自报家门:我的名字叫布朗!礼尚往来,我们也应该以名字回答,可是没有,我们只说一声:早安,布朗!严格检讨,确实失礼了,却也不至于动用警力。我们注意到就在警察造访的次日,再出门去,布朗没有如往常一样迎接我们的目光,而是背过身去拉门,含糊地嘟囔一声,表示招呼。除此以外,再无其他迹象,事情就搁置下来。

又过去十天光景,晚上回来,门卫中一位南美裔先生——我们给他评价最高,诚恳友好,而且性格温和,他告诉说,我们有邮包寄到,存在收发室,收发室就在信箱背后的门里,需向一个名叫托尼的人领取。第二日早上,便下楼去了。信箱所在大堂一翼,侧厅的两面墙,第三面墙上有一扇门,依上下班时间开闭。常以为是物业办公室,从未向里探测。此时,开半扇门,可见一具柜台,柜台里坐着一个人,就是托尼。趋前向托尼问好,自报是新到的房客,几楼几室,姓谁名谁,来领取邮件。托尼不发一言,看着我。我重复一遍,回答依然是托尼的冰冷的眼光。局面莫名地僵持着,停一会儿,托尼发声了。他说:我早看见你了,和你的丈夫,从这里走过来走过去,就是不到我这里来!他激动起来,使我意识到我们又一次失礼了,急切道:我知道,我知道错了,应该早日向你问好,我来晚了,对不起!我的道歉似乎加强了他的委屈,火更大了,又一遍说:你,和你的丈夫,从我门前走过来走过去,就是不到我这里来!我则再一遍认错。他从柜台里走出来,在房间里转圈,我跟在他身后。记忆一下子回来了,有一日早上,我在信箱前取信,余光里有一个黑人,小个子,腿上绑着盔甲般的护膝,又开脚立在身后,就像电影《星球大战》里的帝国士兵,那就是托尼啊!我极想在他微驼的脊背抚摸一下,可又不敢,只能一声一声地道歉。忽然他中断了谴责,回过身问:你怎么想起到我这里来的?我说是门卫让我来的。这时我又有了新发现,南美人其实是个使节,在我们和托尼之间斡旋,传递信息,使睦邻友好,上下级团结。稍事平静,托尼回身进柜台,取出一种红色卡片,告诉我,假如有邮包送到,他会在信箱里放一张卡片,凭卡片到这里领取。复又走出来,领到货架,取下我的邮包,他一直押着呢,就等我向他报到。他挟着邮包,并不给我,而是从柜台下取出登记簿,办理签收。我用中文写下名字,告诉他中国字是什么样子的,托尼露出至今为止第一个笑容,旋即收住,他余怒未消,说:让你丈夫来一下!

托尼的命令,除了服从还能怎样? 赶紧地上楼进屋,将刚从床上爬起的人带下去,来到托尼跟前。始料未及的一幕发生了,托尼对着他,满脸堆笑,躬下腰,伸出手,这可是我没有享受过的待遇。两个男人就这样,微笑,鞠躬,握住的手久久不放,终于松开,托尼回进柜台,又摸出那张粉红卡片,转向我——他的笑容又收起了。他说:用你们国家的语言告诉你的丈夫——他将方才的话,即领取邮包的规则又说一遍,眼睛紧盯着我的嘴,防止有渎职的情况发生。这个过程被延长了,显然他很享受这一场外交活动。后来,任何事情,对我说一遍,还要我用"你们国家的语言"对先生说一遍。托尼无疑是个大男子主义者,什么事都得让"当家的"知道才算数。现在,我们推理出警察上门的原因了。一定是托尼整我们,布朗也脱不了干系,是那个出主意的人,而南美人,化干戈为玉帛。

为补偿过失,安抚托尼受伤的心,我们表现出格外的热情,老远地看见,就挥手招呼问候,托尼分明也领会了我们的示好之心,他越来越不吝惜笑容,常常把脸笑成一朵花。大冷的天气,看他穿了毛衣往外走,就说:托尼啊! 天冷得很,你要受冻的。他骄傲地挺挺胸脯:我的身体很强壮! 有时他看我空着手从信箱前离开,就很哲理地说一句:没有消息就是好消息! 托尼长年戴一顶绒线帽,盖住双耳,显得脸很圆,严肃的时候,眼睛也是圆的,笑起来呢,就弯下来。托尼不是那种典型的——比如辛普森、奥巴马的黑人形象,身量也比较矮小。非洲有许多部族,不知道他来自哪里,又或许在以往的代际婚配中渐渐改变了种族特征。有一回遇到他下班,高高兴兴走在院子里,我说:托尼啊! 回家吗? 他说:是呀,回家! 我没好意思问他家住哪里,倘若住哈林区,交通也是方便的,一号线直接就到了。在那里,托尼和他的族人们一同喝酒、聊天,消磨夜晚和假日,一定很开心。我不能准确判断托尼的年龄,上了岁数是肯定的。美国退休制度只有年龄下限,没有年龄上限,想做多久就多久。在公寓里管理邮件收发,是轻松的活计,而且,我发现,托尼上下班的时间也没准,觉得他多少有些"对人马列主义,对己自由主义",所以,托尼的日子过得很不错。

纽约有许多黑美人,K-mart(凯玛特)超市里的女营业员,多是年轻黑女孩,个个俏丽妩媚。她们肤色深浅不同,全无二致地发亮,身材苗条而有力,看着让人羡慕。第五大道上的丽人行比较中产阶级化,穿着职业装,态度轩昂。曾经看见一位女性,穿一袭深蓝裙衫,颈上系一条青绿围巾,裙子和围巾都是薄透的材质,在风中鼓荡,尤显得顾长健硕。她让我想起梅里美小说《伊尔的美神》里的青铜女神,当然是要将女神的邪恶换成慈悲。都会的时尚风气似乎并没有归化她们的个性,反而加进开发,更加突出了。有一回在地铁里,跟前站着一个黑女孩,个头很高,穿一件褐色棉风衣,领和袖镶一周皮毛,挎一个大皮包,盖口也是同色的皮毛,长绒毛里有一对晶亮的眼睛,原来,是一条狗。我不懂宠物,看不出属什么犬种,也看不出年龄,只觉得身子的柔软和毛色的光亮,挂在皮包上,就像一匹缎子。朋友盛情款待看戏,我选择音乐剧《紫色》,因读过小说,也看过由斯皮尔伯格编导的电影。1983年,作协接待美国女作家代表团,作者艾丽斯·沃克就在其中,我呢,参加了在上海的陪同工作。走进百老汇四十五街亚克伯剧院,星期天的日场,全满,除我们两张亚洲人的脸,一色的黑皮肤。舞台十分简洁,一壁板墙上,挂着椅子,时而摘下用作布景道具,时而重新挂上,腾出空间,接近中国戏曲写意原则。开场时,两个女孩面对面跪在地上,互相击掌——是《紫色》标志性的动作,这一元素只出现一回,及时收起,并不滥用,表面性的符号取消了,叙事保持着朴素的外形。随了少女击掌,歌声起来,大约来自遥远非洲部落的民谣,单纯悦耳,一阵寒噤似的悸动,真仿佛天籁之声,又直抒胸臆。

住校期间,去往北卡的杜克大学一趟。纽约还在春寒中,杜克已满目绿荫。明晃晃的日光里,五彩的太阳伞,黑皮肤的体态丰满的女人跑前跑后,笑脸盈盈,就以为是《飘》里斯佳丽奶妈的后裔,事实上,《飘》的故事发生在更南部的亚特兰大,可我就觉得是在这里。我们住的酒店名叫 MILLENNIUM,千禧年的意思,和小说里的"媚兰"MELANIE 谐音,处处都是《飘》的影子。酒店早餐厅的小女服务生倒有一副斯佳丽的脾性,第一天很热情,第二天极冷淡,大约和男朋友斗气,想着少惹她,速速走开,却听身后大声问道:你们是夫妇吗? 转身看,笑靥如花。这就是新人类! 蓄奴的时代早已成过往,退到历史深邃处。

　　托尼日复一日上班下班,周六周日休息,周一即到,又一轮上班下班。除去迟到早退,从没有过缺勤。我们公寓的房主卡林斯——因为找他的电话不断,邮件也不断,这名字就成了熟人一般,卡林斯给系里办公室邮件,让我们将他信箱里所有的来函全交给托尼保管。托尼真是老管家,迢迢路远的房客一切都托付给他。卡林斯也是老住户了,走之前报修空调外机,工人们进来操作,那工头站在厅里,左打量,右打量,满脸疑云。我们按自己的需要对房间略作调整,没有逃过他的眼睛。他自语说:变样了嘛! 随即问:地毯呢? 我们回答卷起来收进空房间,又追问:卡林斯知道吗? 这就不好说了,只能含糊其词:大概吧! 工头的脸上多少露出悻悻然,心里犯着嘀咕,走了。按卡林斯吩咐,将信箱里掏出来的日积月累一大摞的邮件,悉数捧到托尼的柜台上。托尼说,有一些是广告,邮递员每户派发,是垃圾! 我说,卡林斯说全部给你的! 托尼再三再四说明其中有许多垃圾,应该剔出来扔掉! 我还是以卡林斯的话为准,一股脑儿塞进他怀里。下一日,遇见我先生,被托尼叫住,有话要说,意思还是那些,信箱里的垃圾邮件,扔掉——他做了一个发牌的动作,很形象,好像真看得见一封邮件从他指头上飞出去! 就这样,和我说不行,必须和"当家的"说。下一次,我去送卡林斯的邮件,积起的一摞,放在柜台上。我和

16

他,一里一外,依柜台而站。托尼翻看着台面上的信函,捡起一封:垃圾!放在一边,再捡起一封:卡林斯!放在另一边。下午三时许,大人们在上班,孩子们在上学,红绿衫军们在外玩耍。我们两人都很耐心,我还很谦虚。这是我和托尼之间,静谧的一刻,甚至有一些温馨。

住校期限将至,打道回府之前,还有一桩事要与托尼交涉,就是请他将我的信件——假如有我的信件,转交给东亚系。面对我的托付,托尼的回答是:邮费呢?他说,我并不是邮递员,我需要邮资!他微笑地看着我,和气里隐藏着精明。我说,可不可以请邮递员转寄,东亚系不就在马路对面,最多五百米距离。可是,还是邮费,邮递员需要邮费!托尼摆出一副长谈的架势,我的头脑和语言都不够对付得了,只能退一步,留下朋友的电话,请他尽通知的义务,让朋友来取。这个方案得到他的首肯,然后就与他告别。他问我什么时候离开,我说后天,那么,托尼说,明天来说"再见"!简直就是太上皇,留和去都需在第一时间和最后一刻向他面觐,须臾不可怠慢,真是一个骄傲的托尼。

三 唐人街

中国人在海外生活,离不开唐人街。纽约的唐人街位于曼哈顿下城,临近世贸中心,"9·11"事件发生的时候,双子塔就在眼前塌陷下去,燃烧的灰烬弥漫上空,数日不散去。现在,新世贸大厦矗立起来,纪念碑式的,有着锋利的边线,新型钢化建材,在黑暗中荧荧发光,为夜行人指点方向。纽约大学以及大学为我们安排的住所,距唐人街两站地铁,曼哈顿的地铁站很密集,所以走过去一二十分钟,就已经嗅得到那里的气味,一种生鲜腌腊的混合组成。隔壁的小意大利城也有他们的生鲜腌腊,另一路的,井水不犯河水。两区都是黑帮电影的采景地,美国最著名的有《教父》,中国粤语片就多了去,凡打星多在其中露过身手。随气味接踵而至的,是人声。凡中国人聚集的地方都气象蒸腾,开了锅似的。身在其中,会以为吵,离开了才觉得寂寞。声音最响的地方大概算得上香港,而这里,仿佛是香港的一角,旺角或者荃湾。超市里永远人头攒动,收银台排着长龙,架上的货一眨眼就空了,补货的推车吱吱嘎嘎跟进,喊着:"借过,借过。"许多人从外地来,带着繁重的采买任务,一口大旅行箱,装满了回去;或是将东西分箱快递到驻地。相比较而言,我更喜欢临街的小店。比如,鱼铺子,屋檐底下搭起的货摊,龙利鱼、黄鲳鱼、鲈鱼、鱿鱼、板鱼、鳕鱼——鳕鱼在国内是贵重的鱼类,这里却成山成堆,雪白的鱼肉冻成一方一方,买回家化冻,放上姜葱隔水蒸。姜葱是在另一个铺子上买,姜要过秤,葱则系成一小束一小束,很高贵的样子。蒸锅是不可少的炊具,我们的这一口买于"珠江",百老汇街上著名的中国店。老板娘早些年来自上海，说一口带苏州口音的沪语，从信用卡签名认出我，顿时"老乡见老乡"，传授纽约生活经验，还给了姓名电话，可惜她的店临近收尾。百老汇大街的店租见风长，于是频繁易主，没过几日，"珠江"也不见了。同样的际遇，后来在梅西百货化妆品部也发生过一回。如今，每个名牌都设有中国代表，这一个，正是我的读者，她耐心替我调配种类，最大限度地享受折扣，又送一堆试用样品。再回去唐人街——鱼铺上方悬一杆秤，鱼扔进秤下的铁盘，报价就出来了，鱼也飞回来了。这边掏钱，下一条甚至下两条鱼已在过秤、报价、掏钱。一手交上钱，另一手接住找头，沾了鱼腥的潮湿的纸钞和镍币，不晓得经过多少笔买卖进出，算得上流通率最高的美元现金。鱼摊的紧邻，是包子铺，松软雪白的大包子，六个一盒摞在架上，整面墙的架子占去一半地盘，买主在另一半侧身交错。货是从后壁深处出来，显然是前店后厂的格式。最壮观的是港式茶楼，一道电动滚梯上去，耳边就是轰隆一声，球场大小的厅堂里，圆桌面挤挤挨挨，无人领座，全凭眼尖手快，还有运气，占得先机，只要有空位，勿管认不认识，挤在一桌，有点像会议餐，凑得人齐就上菜。小车在桌椅缝里蛇行，你叫停，它就停，手到哪里，铁夹子就到哪里，啪一下，竹笼、碗、碟，桌面上跳着脚滑行过来。饮茶本应是悠闲的，在这里却有一股紧张与惶遽，这也是和香港像的。所有的动作都是快板，又是曲牌的体系，长短镶嵌，不知不觉中，进食的速度在加快，而且,情绪也激动起来。

　　唐人街的景象难免灰暗,是环境,也有人的缘故,也许两者相向互映。街道、房屋、铺面、店招,都是旧式,要推,都能推到前、前个世纪,那就不怪它的旧和陈年老垢了。人呢,似乎都上了岁数,多少代以上的唐山客,受迁徙和生计压迫,留下焦苦的痕迹。生相仿佛会濡染似的,即便少年人,在这里也显出沧桑。沪上过了时的老字号站到了街角,老正兴,菜名是上海的,菜式也对头,店员说着纯正的上海话,背着手站在你跟前,就像从上世纪六十年代老电影里走出来。口味却不大像了,水土改变物种,小笼包子大上一圈,肉馅亦太过结实了。

　　一些消亡的手艺在这里复活了,比如剃头。唐人街的深处有许多剃头店,一家挨一家的,"当家的"专扎一门。老师傅,更可能是老板,广东人,有年岁了。好比武侠的派别,有的使剑,有的使刀,老师傅使的是推子,一共两把,大的盈握,小的只在两指之间,上下交替操作,将一颗脑袋修得溜圆。看得出是童子功夫,多年的萝卜干饭,最终"一招鲜,吃遍天"。纽约的冬天,干冷干冷,脚后跟严重皲裂,开出口子。旧痂未平,又添新迹,于是,沟壑纵横,润肤油越来越失效应,唯一的办法是削去疤痕。还是出发唐人街,寻找修脚店。找寻一周无果,倒推进许多按摩院,开在半地下室,窄小的门厅里坐着小妹,空气淤塞,似香似秽,所操营生就有些暧昧。考虑行业的性质,修脚与剃头也许同属一项,就去向推子师傅打听，果然，迷津指点。转一个弯，多条小街交会处，角上的一户，挂牌"修甲"，就是了。门内一片新气象，店员身着白大褂，就像诊所里的医生。近门处，高案高凳，修理手指甲；进深，一列皮椅，椅下有水盆，就是足疗的场所。这一回，全套电气化。浸足的水盆有电热装置；座下的皮椅电力驱动，起伏推挤，忽捶打，忽颠簸；去痂是一枚电动砂轮，哧哧地打磨。前后照应的女人，自称来自福建，再三声明店务的正规，壁上的悬挂，无不关乎营业许可、卫生嘉奖、保健批准，就是见证。修磨完毕，涂抹脚霜，又格外倒出半个纸杯赠送，说有特效。脚霜有没有特效不好说，但削去结痂，着实免除开裂之苦楚。天已入春，棉鞋换单鞋，新买的一双"中国制造"凉鞋，款式别致，草编的鞋底敷一层塑料薄膜，轻便利行，可惜极不耐穿，只半月时间，塑底磨尽，露出草茎，就要修理。洋人的修鞋店，倒不鲜见，凭窗看里面的工具，铜钉铁锤，尖凿利锯，更像是对付牲口的鞍具。想了想，唯有一条路，就是唐人街。

鞋匠的踪迹就不那么确定了，有是有，唐人街什么没有啊！具体在哪里，就犹疑起来，似乎这里，又似乎那里。或者曾经在这里，曾经又在那里。显然，这是一个流动性很强的行业，穿街走巷的。第一个鞋匠坐在熙攘的十字路口，那真正是一个老鞋匠，眼神已经不济，听力也不行。找到他时，正摸索着往一只鞋后跟里敲钉子，钉子在锤子底下打滑，工具也十分老旧。好不容易与他搭上话，他瞄一眼我的鞋，眼光涣散，很难相信他看见的正是我这一双。索价则是肯定的，十六元。还过去一个价，没有回答，复又埋头对付那枚钉子，回到混沌不觉的状态。一是嫌贵，二是沟通困难，就放弃了。看起来，鞋匠是稀缺的一行。四顾茫然，走许多路，问许多人，最终，在孔子大厦附近，铁路桥的桥洞里，看见一个鞋匠摊。

这一个，面目全然不同。一是年龄，既非老鞋匠，也非小鞋匠，而是青壮年，三四十的光景；二是生相，白净脸，修眉漆目，中国有一位男星张嘉译，可谓形神皆近；三是态度，两个字，冷峻。这般人品，与鞋匠的行业不符，也与周遭环境不符。垂目看一眼鞋，这一眼和那一眼不能同日而语，直抵要害，随即吐出一口价，二十五，恰好是这双鞋买价的一半。火车从头顶隆隆驶过，这一声就有振聋发聩之效果。有过前次与老鞋匠的交道，晓得还价是无效的，于是只在私下讨论。然后，小心驱前问询，将如何处理。鞋匠扔出一张皮革，材料的意思，再问怎样操作，"胶水"，男人吐出两个字。果见脚下排列一溜瓶罐，所说胶水当是其中一种。顺便打量，这一个的工具要比前一个先进，有一部机器，桥洞壁上挂了各种锤凿锥剪，深处则是一卷卷的皮革。再看男人手上活计，缝纫切割，手势精准利落，他的外形也征服了我们，使修鞋这门手艺活儿上升到艺术者的境界，终于下决心交付修理。其时，男人脸上稍有和悦之色，对鞋做出评价——贴一层底还可穿个几年没有问题，许多美国人也在他这里修鞋。按约定的一个小时以后，过去取鞋,看见男人站在桥洞口,双手扶胯,抬头望着铁路桥,桥上正经过火车,眼光是忧郁的,他在想什么呢？火车轰鸣中银货两讫,他又钻回桥洞。

孔子大厦是唐人街的中心,街道从这里向四边辐射,中国南方城市特有的骑楼底下,什么样的生意都有,进门一侧柜台卖电话卡,同时出售电话线路。一条线不知道挂多少张卡,因此,串线的事情经常发生,串得巧了,就会有意外的邂逅。另一侧是金银铺子;进去一步是汇款的窗口,中国建行、中国工行、邮政银行都是汇兑的户头;紧接是韩国化妆品,做的是批发;然后,国际婚姻介绍所。电梯边的墙上嵌一排名号,以中医牙医居多;其次是律师事务所,办理税收和移民事务。曼哈顿的唐人街,日益膨胀,蚕食紧邻的小意大利城,小意大利城只剩下一溜边。大雪过后的一天,从那里经过,看见那里的铲雪车将残雪卸在路口,正当唐人街心,应了一句老话,"各人自扫门前雪",会不会也有一点小小的报复心呢？然而,小意大利城的萎缩在某种程度上,意味着纳入纽约主流社会。中国人不也是吗？早已经游离出唐人街的传统主业——餐馆和洗衣店,尤其中国大陆的年轻一代,疾速完成命运的嬗变,跃入中产阶级。与此同时,更多的移民拥入新大陆,曼哈顿的唐人街显然不够容纳,不只是地块有限,还有观念的差异。旧式的侨置难免露出败迹,人和事都老迈了。中国年的除夕,去唐人街采买,向晚的时节,露天的案子上堆了花束,一种绒球状、耐寒的花骨朵,红或者绿,都是暗淡的。人们挤在案前,冻得抽不开手,仓促地挑选,新春的喜气里,多少流露出凋零之感。

新型的中国城在皇后区法拉盛壮大起来,据说原先以犹太居民为主,如今换了人间。直达法拉盛的七号地铁钻出隧道,在高架铁路行驶。地面广大而平坦,呈出球体的弧度,于是,地平线微微下沉。也因此,地上物就显得零碎,小小的房屋和街道,还有人和车。局部是拥簇的,从全局观,几可忽略不计。新大陆依然保有原始性,放眼都是未开发。新车厢里光线充沛,明晃晃的,十之八九的华裔的脸,包裹行李也占去空间,满当当的。法拉盛是终点站,这一次车到,下一次就出发,可以想见人流和物流的汹涌。一出站口,市声扑面而来,比唐人街规模更壮阔,因为地场大。同时呢,南音换北音,耳边掠过的,多是普通话,二人转式的东北话尤为突出,还有上海话——闽广潮汕的眼睛里,上海人不也是"北佬"吗?

法拉盛的样式,也摆脱传统中国城——晚清民国之交南洋商贸地区旧制,而是接近中国内陆,经济腾飞中的二、三线城市,通衢大道、购物中心、超级市场、星级酒店、面包房、三温暖、小商品,高级物业和临时建筑相互交错。人车熙攘,店招林立,小广告满天飞——内容因地制宜,帮助移民的事务所为第一大项,其次是规劝信仰的宗教团体,再有办理退党的中介机构……走在街上,眼睛耳朵都不够用,嘴也不够用,热腾腾的中国点心在向你招手:

现炸的油条、油饼、麻球、粢饭糕;新出锅的生煎包子、锅贴、萝卜糕;刚揭笼的各色包子、糕团、蒸饺;沸滚的咸甜豆浆,茶叶蛋,玉米棒子,关东煮。洋人的饭吃多了,都嘴淡,经不起诱惑,湿唧唧的纸币和烫手的食品袋在人头上传递着,这大概就是所有唐人街的通弊,消耗塑料袋最巨,现钞流通量最高。

引我们进入法拉盛的人,名叫高中,上海人,上世纪90年代初来到纽约,开一爿书店,店名"中国风"。是书店的缘故,也是性喜交友,热情好客,高中广结各路知识人。各路知识人的交际圈,远兜近绕,最后又总能归到他门下。从他门下,再联到一家,则是书店对面的上海餐馆"聚风园"。一餐饭,可从中午吃到晚间,决不驱赶,倘自带食材,便让出厨房,任其自行炊事。从聚风园过去,即法拉盛公共图书馆,全纽约中文藏书最大量、出借率最频密的图书馆。主持日常事务的馆长,也是上海人。办理借书证——手续极简,只需护照以及一封来信,最好是银行的函件,上有地址,不论长住还是短留,总之居有定所,当场便可领取。帮助找书,并演示自动借书机器的,是一位退休馆员谢老师。谢老师,花白头发剪成短式,穿一件夹克式棉衣,足登运动跑鞋,步子很健,走路轻捷。父亲在国民政府高层任职,1949年,她和双胞胎姐妹一同来到美国,读书工作。她喜欢法拉盛图书馆,退休之后继续志愿服务,同时参加馆内举办的学习课程,这天正是韩语开班。忽想到白先勇的小说《谪仙记》,李彤若不死,也许就是今天的谢老师。

从此，我们进入高中的人际社会，时常受邀参加聚会。聚会的起因和主题各不相同，有一次是读书会——后来知道，中国人在纽约有许多读书会，别的地方大约也是，自发组织，形式不一，内容却总是围绕读书。他们这个读书会，每月一会一题，一人主述，然后各自推列书单，简要概况，产生下一月的主述和议题。这一回高中通知的主述人是纽约州立大学的历史教授，专论美国海外军事基地。我因大雪封路没有去，事后听说，那一日的经历，虽是艰难却颇得意趣，大家合力铲雪，开出入径，然后报告和讨论。讲演十分精彩，信息量极大，美军海外基地究竟有多少？简单一句话，任何地方发生情况，瞬间就有美军战机起飞升空。后悔也来不及了。再有一次旷席因课时冲突，也是遗憾的。高中电话说，友人携"苏眉"一尾，当"苏眉"是来客，经解释方才知道是一种鱼，甚是名贵难得，更难得的是，专请一位淮扬大厨烹制，地点就在聚风园。幸而，以后的日子里，重得机会认识老师和大厨二位高人。

法拉盛近似草莽江湖，是江湖就会出异禀，以年资辈分论，应推王鼎钧为第一。从法拉盛图书馆借出四本一套王鼎钧自传，读到另一部家国历史。乱世漂泊，朝野进退，文武兼备，生死线几度徘徊，最终定居彼方，操一杆笔养生养性，弹指灰飞之间，已近百年。华界文苑，以"鼎公"尊称，他亦不负众望，大小事务，凡有请必有应。上回莫言来，即去府上拜见，都是山东籍人，有乡谊。在我，单凭一脉文缘，不知能否见上一见。高中出面，两头传话，进而组织一场饭局，设在老地方聚风园。座中有鼎公欣赏与扶持的张宗子，淮扬大厨李师傅，就是在这一宴上头遭晤面。二位自识晚辈，与我们也还生分，多是缄默着，难免沉寂。而鼎公气象恢宏，笼罩了局面。他引导话题，开拓讨论，亦庄亦谐，就无一时冷场。年届九十，身量依然超出汉族人平均高度，可以想见壮年时的鹤立鸡群。腰板笔直，腿脚还很敏捷，透露出军旅生活的痕迹。要不是有这底子，怕蹚不过关隘，劫后余生。唯有耳背这一点，看出了年纪，说话由夫人王阿姨传送，因是熟谙的震动赫兹。到后半段，我们双方多少掌握发音频率节奏，就可直接对谈，可惜，餐聚将毕，时近午休。临别，鼎公托我带回给国内出版业的一个意见，就是书脊过厚，纸张过硬，装订又紧，于是打开书本，就像"案板上的鲤鱼"，两头顽强翘起，必双手按压，才可阅读。虽是耳背，却不像通常的聋人说话，极尽声高，而是中等音量，语气平和，就显得从容了。日后，《侨报》约我办讲座，鼎公竟也到场助阵。经过麦克风的语音，一个字不能入耳，但从头至尾端坐。看凝目静神的面部，猜想他思绪走去哪里了……深邃的往昔岁月，或是沧海一般的人世，那是一个另度空间，谁也进入不了。

法拉盛的每一聚，都有一番奇人奇事，先前并无预设，随了话题，逐渐推出，是随风而去，又水到渠成。有一回是上海文先生，其父为国民政府军中将领,1949年,入大陆战犯营,妻小一路栉风沐雨,全凭家仆护佑,走到今天。另一回是陈先生,来自北京,《今天》出版人之一,谈的是美国人类学家古尔德的学说,进化中的不期而遇。再一回则众生齐发,与淮扬大厨李师傅的交谈就在哗然中艰难进行。李师傅在法拉盛武林中排末。1977年生,上海人,师承沪上著名淮扬菜系大法。我以为小李他不止在厨艺上受教益,更是得自然之要义。怎么说,就这么说吧!从食材到植种,从植种到天候,从天候到人事,从人事到世情,从世情到天伦,九九归一,合为天人观念。我问他中国无数菜系,哪一系为最上。他的回答使我茅塞顿开,他说:无论哪一系,做到最好,便无有差别!多年以前,还是个鲁勇的年轻人,曾提出小说"四个不要"原则,至今遭人质询,尤其"不要风格化"一项,只能说其然,而说不出所以然,现在,则有了旁证。小李还很年轻,又读过书,行过路,前途无可限量。我与他落座圆桌两端,相隔最远,说话如同叫喊。那一晚,群情激动,二三人成一党,话题交错,一时相撞,一时迸裂,于是遍地开花。从气势讲,张宗子为压倒之势,他有一条宽高的嗓门,音色嘹亮,穿透力极强。平日喜爱西洋歌剧,多少习得发声方法,一旦开口,便覆盖全局。他讲述在《侨报》做夜班编辑,凌晨时分,一个人走在曼哈顿岛,楼宇为他让路,天地海拥入怀抱,仿佛世界的主人。

有一日,舞蹈家江青带一众艺术者去唐人街吃饭,同行有一位英国先生,一位犹太先生,犹太先生的妻子则是俄罗斯后裔,新获奥斯卡终身成就奖。这位女士有着巨量的身型,体格壮硕,形态极为庄严崇高,所任艺术导演作品中有著名的《最后一站》,描写托尔斯泰晚年生活。我想,唯有这样的量级,方才能够与托尔斯泰匹配。天下着小雨,周末的餐馆家家客满,我们走了一家,再走一家,逼仄的街道,摩肩接踵。我们这一行,上车下车,进去出来,俄罗斯女士泰山金刚般的身姿,在队伍中间稳稳移动,是唐人街又一帧景观。

四 公共图书馆

纽约公共图书馆中文藏书最多的是法拉盛,一次性借书数量五十本,期限三周,如需延续,电话或者网上重启借阅周期;否则,按每日每本七十五美分缴纳罚金。倘若需要的书正在借阅中,可以登记预约,一旦还回,立即通知。在书店看到有一位新起的尼泊尔女作家的小说,放在迎门的案上,说明正在热卖中。翻阅前言介绍,所写多是告别本土,迁居异乡的故事,属"离散"题材,最近一本书名即《离开的与留下的》。"离散"既是知识界的议题,同时也为出版人视作商机。图书馆架上搜寻未果,便到柜台查询,被告知馆内共有三本,全部外借,预约者已排起长队,我排在第二十一个。可见这位作家受欢迎程度,亦可见法拉盛也聚集有尼泊尔移民社群。身在客地,总是格外向往故乡的人和事。

多少有一点遗憾,没有发现哪一位中国作家明显受到关注。法拉盛图书馆找到一本哈金的新作,短篇小说集 GOOD FALL,是他头一回自译中文,故事都以法拉盛为背景,其中有一个上世纪80年代滞留不归的中国教授,尤其生动。哈金的叙事诚恳老实,难免拘泥,这一篇却很释放,辐射出多重意味。但哈金的热潮似乎过了,暂时没有新人替代,只在宾州火车站,看到刘慈欣的《三体》第一部的英译本,列在最新出版的案上。每每走进书店,本能地就要寻找中国书籍,结果都不怎么样。在西岸斯坦福大学所在小城 PALO ALTO(帕罗奥图),街上有一爿书店,名叫"铃铛",至今已经七十五年历史。老板很亲切,问有没有关于中国的书,被引到一具古典风格玻璃门书橱跟前,显然,橱里所纳都是珍藏,带有经院气息的典籍,布面和皮面,烫金镶银,书脊或做成竹节,包铜的四角。其中果然有三本中国的书,一本蒲松龄《聊斋》;一本宋诗;第三本倒是现代文论,研究的人物却很陌生,凭译音回来查《辞海》,原来是"申不害",又名申子,占有词条两项。释为"战国时思想家,法家主要代表之一",思想与商鞅相近,主张吏治、君权。一为郑国人,相韩昭侯;一是卫国人,事秦孝公,各奉其主,不能合力治天下,所以又都不出谋士的身家性命。是因为商鞅有"变法"之举,名见经传,日后成为显学,而申不害仅以笔墨存世，又有流失，于是没入寂寂。这个外国人是谁呢？由什么人领上这偏锋小道，却写下皇皇巨著，又有什么人读呢？把书还给老板，看他小心放回，锁上橱门。我想他压根儿不会知道申不害是什么人，甚至不一定去过中国，这本书对他可谓天书，但这邂逅里总有一点机缘的关系，也许，也许终有一天，会有什么发生。

从书店架上看，中国文史哲类的译本，连同关于中国的书籍，一并踪迹难觅。上一回来纽约在 2007 年，尚可见到古今历史、社会运动、个人命运的书写，记得有一本关于收养中国婴儿的小说，放在新书推荐的显眼位置。收养中国婴儿是当时美国社会的一阵风，且又合乎"身份认同"这一哲学命题。这一回，中国的话题在另一路，就是财富。纽约大学书店的新书推荐里，有一本《中国财富女孩》，出自新加坡作家笔下，同样的故事，他已经写过几本，显然是有特别的兴趣。从法拉盛图书馆借出一本，稍事浏览，情节约莫来自网络流传，一句话——"土豪金"。这一位，以及其他亚洲国家作者的虚构和非虚构，并无二致，都用英语写作。和我们相反，美国读者更倾向本国语的阅读，而对译文不热情。这一年得普利策奖的书名《同情者》，作者是越南裔，姓"阮"。"阮"姓在英语中有特别的发音，而他特立独行，坚持以越南语注音姓名，我以为是一个抵抗，抵抗语言的霸权主义，可他不也是用英语写作吗？三月里，专去爱荷华看望聂华苓，小城书店张贴着印度裔女作家裘帕·拉希莉的大幅宣传海报，推广她的新作。裘帕·拉希莉的小说,中国大陆几乎有一本翻一本出一本:《疾病解说者》《同名人》《不适之地》,多描写移民生活异域的困顿。她出生英国,定居美国,英语是她的母语。印度上层社会以英文为书写语言,这是印度作家远比中国作家更易进入美国文学视野的原因之一。

法拉盛图书馆毕竟路远,借和还都不方便,据说法拉盛与曼哈顿唐人街同属一个图书馆系统,互通有无,于是试着去一回。图书馆在一排骑楼底下,左右有《世界日报》和中文书店,但这个设于华埠心脏位置的利民机构却无中国职员,就谈不上乡情,态度很是决然,不可以!借书证也不可兼用,需重新办理。上下环顾,见占地狭小,藏书也有限,以报章杂志、儿童图书为主,就放弃了,另谋他途。

还是得高中协助,推荐曼哈顿公共图书馆,中文藏书居纽约第二,又有一位来自台湾的馆员张先生,与他相熟。就这样,去到四十二街的曼哈顿图书馆。填写申请表格时候,张先生发现我与他是同年同月生人,倘追溯生平来历,则可牵连出一长段近代历史:国共内战,一去一留,韩战爆发,美国第七舰队进入台湾海峡,拉开冷战帷幕……至此,两地三通,对话频仍,往来稠密。但如张先生这样,早年来美,对"铁幕"后的社会主义中国怀有颇多好奇,每每借书还书,都请求稍留一时,等他下班,一起用个茶点。附近面包房买了茶和蛋糕,就走到图书馆楼下绿地。前面说过,从楼上窗户看去,最美春景。柳丝飘拂中,寻找一张空桌,坐下来,沐在阳光里。就有些像卞之琳的《断章》——你站在桥上看风景,看风景的人在楼上看你。张先生接待过许多大陆图书馆业的代表团,一一报出姓名职务,有我们认识的,便问一番近况,托带个好,随即又生羞怯,恐怕对方并不记得了。他对上海这地方抱特别的好奇,在他成长的年代,隔时空距离,上海还在"东方魔都"的传闻中。他问这问那,像个孩子似的,有一个问题,沪语"赤佬"指什么?又有一个问题,"白相人"是什么人?这两个名词显然来自旧上海滩的社会小说、黑帮电影,作为一个上海人,视作常识,但解释起来相当费口舌。并且,后来向多方证实,都说我大错,误导了台湾同胞。

张先生有一颗文艺青年的心,有一回,他犹疑地从裤袋掏出一页纸,是他写作的文章,与我分享。文章写某一日带孩子去面包房买早餐,一路的感想,大约的意思是,青春逝去,对爱欲的热情平息,波停流止,但日常生活则回报另一种人生的旷意,接近张爱玲和胡兰成的婚约"岁月静好,现世安稳"。

曼哈顿图书馆的中文藏书,只在法拉盛十之一二,书架与书籍的整齐也看得出流转较为有限。进书的挑选则有些杂,港台版的新武侠占去一架,是出借率最高的。第二大类可能就是政治要人的传记,敏感事件记录。余下的有现代小说和翻译文学,翻译文学以日本为多,多来自台湾图书进出口公司,很明显,日治五十年,影响犹在。张先生特别介绍给我一位作家姜贵,夏志清教授所著《中国文学史》中,有两张陌生面孔:一是张爱玲,为其单立一章,长达三十八页;另就是姜贵,附录之三即"姜贵的两部小说"。姜贵生于 1908 年,早于张爱玲的 1921 年,为十三岁之长,但比较"出名要早"的后者,却是晚生代了。代表作《旋风》出世,正在张爱玲行将收梢的《秧歌》和《赤地之恋》,时间为上世纪 50 年代上半叶,首尾衔接。两个陌生人所写题材与格调都大相径庭:张爱玲的故事多发生沪港都会,姜贵则深入腹地村镇。前者笔下的伦理关系男女言情,虽有鸳鸯蝴蝶遗韵,但在我看,更是接近简・奥斯丁一系的英国叙事传统;后者承脉中国章回小说,进而接入民国社会派。张爱玲已然彰明天下,世人皆知,成一代风潮;姜贵却还屏蔽于文学史影地里。《旋风》写的是上世纪初,国内革命时期,中原地区,士绅社会在党派划分中裂变,重新调整阶级,演绎出又一轮悲欢离合,其实可算作《白鹿原》同一题材,但立场有异,不合新文学潮流,便排除在视野之外了。

曼哈顿公共图书馆街对过就是纽约图书馆,皇宫神庙式的建筑,立在当年水库的基座,体现出人类文字初始诞生时代,对知识的仰望。一百多年前,纽约三大家族,一个出资,两个捐赠收藏,对全体市民开放,以资料查检为专项。我最感兴趣的是馆内有驻市作家计划,向世界公认的一流作家提供,莫言要来申请,一定会予批准。张先生带我们在大堂咖啡座聊天,一名黑人保安远远看见,扑将过来,热烈握手拥抱。保安曾在曼哈顿图书馆服务,一度与张先生同事,某个平安夜里,二人值勤,合力捕捉一名小贼。那宵小更可能是无家可归者,取暖喝水,顺点外快,并无挣脱反抗之意,没有发生好莱坞电影追杀一幕,轻松得手。但时间特别,想一想,人人阖家团圆,庆祝圣诞,唯他俩形影相吊,楼上楼下逡巡,就有袍泽之谊。图书馆的咖啡真不怎么样,但因是知识的殿堂,其他琐细都可忽略不计。

曼哈顿图书馆的借书证,同时还通行于杰弗逊图书馆。杰弗逊图书馆是在去往切尔西的途中发现的。切尔西市场在废弃的火车站建成,日用服饰、生熟食品,终日人头攒动。我们常去购买海鲜蔬果,沿途景观不错,距离又在步行可达。杰弗逊图书馆——红砖外墙,形制仿佛城堡,走进去,石阶环内壁盘旋,地下室凉森森的,四围合拢,有一股幽闭的气氛。上到二三层,天光照耀,豁然开朗。看开窗的阔大,框架的开合结构,很明显,材料、工艺以及用途都是现代的。猜想由修道院改造,后来知道,原先是一座女子监狱。想来也对,两者均有禁欲的用意。看这些旧迹,纽约的市区在扩大,地上物堆累叠加,时不时地,露出草创的斧斫。

杰弗逊图书馆藏书有限,中文书只有垂直的贴边一溜,总起来不超出五十本,但是,至少我们遇见过一名说中文的中国馆员。如曼哈顿图书馆,除张先生外,儿童部有一位来自中国大陆的馆员,亚洲部的一名年轻中国女孩,已经不会说中文。我倒喜欢去杰弗逊图书馆,喜欢它的清静。书架围绕一周,中间沙发茶几,侧厅又有几架书几张桌,面向街道,光线更充沛明亮。从窗里望出去,看行人在路上徐徐地走,像是世界上任何一角街景,有着同情同理的生活。

很快,曼哈顿图书馆的中文文学书快被我借完了,回家的日子也将到了。有一回,借书中有一本日本当代女作家樱木紫乃的小说《玻璃芦苇》,在那里,我得知不少日本新生代作家,还有一位凑佳苗。不是吗?在国内,我大约不会读她们的,对于我,她们太年轻了。《玻璃芦苇》的情节,我很快想不起来了,却特别记得书中夹着借书单和一张参观圣帕特里克大教堂门票,不知道为什么我会对它们那么感兴趣。从借书单和门票看,借书和看教堂的日子相差一天,先借了书,次日又去参观教堂。两地相距几条街,抬腿即可到达,为何要分两次,而不是一次进行?而且,看起来是独自一人。这个中国女子,我想那一定是女性,樱木紫乃的读者往往是年轻女性,这个女子,居住曼哈顿,借书证必须出示纽约住址才可办理,所以不会是游客。她在中城活动,借书、看教堂、漫步行走,给我的印象,有一种寂寞,又有一种悠闲。熙攘的人群中,有一张中国人的脸,就是她的。

后来,受布鲁克林公共图书馆之邀,去那里办讲座。操持讲座事务的是一位上海先生,不期然地,组织一场"上海同乡会",将沪籍的馆员和朋友聚于一堂,晚上的听众,也以他们为主。布鲁克林图书馆所居位置非常显要,立于高地,正对当年格兰特军队开进布鲁克林的方向,仿佛一座凯旋门。美国图书馆,我以为是依着欧洲对古老的亚述王朝、埃及、罗马图书馆的遥望,人从上帝手里获得的神权象征,所以是如圣殿一般。波士顿图书馆也是,大教堂一般的拱顶、廊柱、壁画、雕饰。在布鲁克林图书馆,崇高辉煌集中表现在大门。我们去的时候,正值向晚,太阳走到西边,直射东面,与门上的金徽交相辉映,照得睁不开眼,真好像上谕下达的一刻。神圣威慑在门内顿时化为世俗,民主共和。风格与装潢以实用为主,就十分简洁,属现代主义的点、线、面结构。图书馆的业务,延展到整个社区服务,咨询、注册、申请援助、发放签证表格,接近中国的派出所。大小客室免费使用,只需事前预约,我们"上海同乡会"的聚所,就是早几日登记,分得一间,用时两个钟点。

我在纽约大学的职员证,可使用纽约任何一所大学的图书馆。纽约大学的图书馆是一幢现代建筑,中庭挑空,直通玻璃穹顶。现代建筑材料密度大、硬度高,于是四处反光。底层侧厅供轮展用,去的那日展题为纽约大学出版社历史。东亚部在十层,主要为日、韩、中文献典籍,日本居多。哥伦比亚大学藏书甚巨,远超过纽大。专有东亚一馆,馆长是中国大陆学者,复旦大学毕业生,通乡人之款曲,亮出两件镇馆之宝:一是清代玉板书,板上刻汉满文字,描金,共完整十二片;二是一面义和团旗,家常棉布,作坊的染工,缝纳亦庄户人针脚,可见得民间起兵本性。大学图书馆是庙堂级别,我要读的小说究竟是俗物。记得上一年在香港城市大学住校,几乎将架上推理小说读尽,后来和馆长吃饭聊天,馆长笑问:你知道读推理小说的多是什么人?我说不知道,他说:理工科学生。可不是,本格派推理差不多涉及结构工程;药物杀人案属化学;犯罪痕迹则牵扯材料力学、生物基因;等等——如此爱好似乎有违人文学科里的思想精神。可是,凶杀案里也有人情世故,最普遍的最激烈,我要的就是这个。在纽约半年,我从未去大学图书馆借阅,而是享用市民服务的公共图书馆,在那里,藏着小说写作者的秘籍,一颗平常心。

五 当年英少今何在

2001 年 10 月,"9·11"事件之后一个月,我们来到美国。这一日,张北海带我们游荡纽约。先在中央公园,然后林肯中心,晚饭后是格林威治东村爵士酒吧。入夜时分,演奏方才开始,到高潮已近次日凌晨。推门出来,站在街边,张北海又加一个节目,看脱衣舞。此刻,惯于早睡的我们,睡眼惺忪,站立不稳,他再三诱惑,笑道:这是本世纪最后一个邀请看脱衣舞的人了!到底还是谢绝,转身往相反方向的住处回去,头脑混沌中那一帧图画却清晰在眼前——天空宽广,夜色明亮,东村街道却是昏暗的;其时,东村是危险地带,充斥反社会力量。他,瘦高瘦高的,指间夹一支烟,侧着身,乜斜笑眼:本世纪最后一个邀请看脱衣舞的人!说话的当口,新世纪刚拉开帷幕,后面是百年光阴。

认识张北海,还在更早,上世纪80年代,跟随母亲茹志鹃和吴祖光先生,受聂华苓邀请,参加爱荷华大学国际写作计划,三个月住校期满,出发东西岸,第一站华盛顿,第二站即纽约。纽约的行旅分两部:前部住城外陈幼石家;后半部移进市区,由张北海负责。我们一行三人在朋友们的接力中传递,一手交一手。这样的交接链不只依旅行路线而设置,更决定于一种潜在因素。朋友们多来自台湾,他们先期出发和到达,已完成学业,安家立业。大陆的留学生尚在奋斗的初始,前途未定,去向不明。也是很后来才得知,这些台湾的大朋友属同一群体,那就是,70年代海外保卫钓鱼岛运动。聂华苓为我们安排的攻略,实质上沿袭老师她亲历的自由中国事件以降,台湾民主进程的历史。这一回住校纽约,专门飞爱荷华看望老师,我们一起去为保罗·安格尔扫墓。墓园的名字叫"橡树",墓冢布在漫坡的橡树之间。三月的早春,气温依然很低,这一天又格外的风大,冲洗墓碑的水柱被刮得左右摇曳。泪流如注,不知是风吹还是伤心。老师告诉我,那年我随母亲到爱荷华,保罗·安格尔说,她那么年轻,应该让她多看看世界。我还得知,我们的游美路线还有一个人参加意见,这个人就是陈映真。这一年的岁暮,陈映真在北京逝世,恰赶上为他送行,仿佛在与一个时代告别。

张北海的家在百老汇大街,与我们所住格林威治村只十来分钟步行路程。现在,东村一扫颓废阴霾,归功于"9·11"之后的城市治安整顿,而我以为,多少也有社会趋向中产化的结果。格林威治外部还保留着工业时代的粗犷,成为今日时尚一种。就如张北海带我们去的意大利酒吧,一百年前厂区工人喝酒打尖的小饭馆,垢迹斑斑的地砖,厕所壁上污言秽语,锡皮天花板腻着油烟。平常日子的下午,却也满满当当,门外还有等座的年轻男女,衣着夸张,行为孟浪,有一种明显刻意的嬉皮精神,其实已经不像了。

初见张北海,就觉得仿佛从插图上走下来的人物,英国小说蚀版画的插图:比如威尔基·柯林斯《月亮宝石》里,患梦游症的富兰克林先生;比如说柯南道尔的大侦探福尔摩斯;等等。瘦削,颀长,穿一件长风衣,手持一柄雨伞,是不是还有一顶礼帽?可能真有,也可能想象中应该有。那时候,他在联合国工作,如他们这样,在保钓运动中被台湾当局吊销护照,正逢中国进入联合国,急募翻译和文员,在周恩来总理的动员下,纷纷响应。去联合国大楼参观,就是由他带领。退休以后,张北海的装束由长衣改短打,夹克和牛仔裤,颈上系一围巾,跳脱上班族身份,摇身自由顽童。从此,他就没有改变过形象。"9·11"发生那一年,站在东村街边,说"本世纪最后一个邀请看脱衣舞的人",就是这一个。肩上挎一个布包,徒步纽约街巷,作历史探底,是同一个他!这城市确实激发史心,不是幽古,而是抚今,也不是正史,是稗史野史。连我这个懒惰观光的人,在纽约游荡,也会生出编写指南的遐想。我设计的编撰方法是,将街头的绿牌子的文字,译写成册。绿牌子无处不在,记录着就地的掌故——比如一号地铁线终点,克利斯朵夫小花园铁丝网上的绿牌子上写,这里原是荷兰人的烟草地;又比如"金天鹅"咖啡馆,曾经,作家奥尼尔在这里酩酊大醉;还比如,中央公园西大街上,写的是发生一件车祸,推进了交通立法。张北海的计划当然不止于旅游手册,而是要为纽约画像。他一边探秘,一边书写,已经出版一大摞。在此同时,他写作小说,长篇小说《侠隐》,电影人姜文购买下版权,正进入制作规划,所以又涉足了电影。写作的收益,经由太太批准,不必缴纳"国库",自行支配,那天我们的餐饮费用,就是从中开销。我以为,张北海就是那种自小有文艺梦的人,又先天独厚。据说,他就读美国学校,家中专聘老师补习中文,补习老师是谁? 叶嘉莹! 如何了得! 文青多半是激进政治左翼革命的主力,因对世界抱幻想,又有一颗不安分的心。现在,冷战结束,党争尘埃落定,各方面力量暂时平衡,人生终也纳入社会轨迹。在纽约,时常从张北海家门前经过,三十年前,资本主义的惊艳已入烟尘市廛,寻常人家。

　　总起来说,张北海受的是西洋教育,读美式学校,大半人生在美国度过,高脚凳上一坐,一杯威士忌在手,打开的却是中国话匣子。民国旧事在他描述中,是马克·吐温式的,也是小说《侠隐》的风格。要说,称得上跨时代的人,经历国难家难,易朝易主,谈笑间则一泯恩仇,相忘于江湖。有一回,谈及军阀割据,问哪一路比较三民主义,靠近革命,他思忖一时,回答冯玉祥。因冯将军信奉基督教,就有"基督部队"之称,受洗一日,全体集合,立成方阵,水龙头接上橡皮管,开足了,遍地扫去,简直像"五四运动",中外记者大骇。不知该当信史,还是小说,更像莎士比亚的宫廷戏剧,谐谑的桥段。

张北海领我们看纽约,有时候亲自注解,还有时委托他人代述。能得他承认,必非等闲。参观修道院博物馆,就是一位来自台湾的吴宜信女士。两家有世谊,应一句北方俗谚:萝卜不大,长在背(辈)上,论辈分,张北海在上。我以为,一方面出于伦理,我们是张北海带来的嘛;另一方面,也是对所学专业的热诚——吴博士在欧美读艺术史,专攻古典主义时期建筑,在博物馆教育部工作,博物馆每一石每一木,在她都是活物,是过往也是未来。讲和听的都入了迷,忘记时间。此刻,张北海独坐廊下石栏,周遭一切大约早已经烂熟于心,又入忘川,看起来,心不在焉,眼光和思绪跑到幽远幽深处。是这石砌建筑来自的地方和时间,文艺复兴的意大利,那是文艺人的梦境;或者,赤道非洲,他在联合国工作的业务所在地,开车行走丛林部落、集市上,电影院里,放着李小龙的电影,这个邂逅仿佛历经几世几劫的三生石;大约,还是五台山,他的祖籍,老家房子曾经居住共产党将领,因而保存和修葺,开设红色经典纪念场馆,这又属哪一类的际遇和缘分?

展品中有一本羊皮袖珍《圣经》,皮质细腻,色泽嫩白,大小仅在掌心。眼前忽就出现,少女堆纱叠绉的袖笼,纤纤小手握着小书,在阔大的厅堂里游走,这里坐坐,那里坐坐,寂寞的春闺,西洋的杜丽娘。看博物馆时,常会生出异想,不相干的事物不期然间迎撞在一处。

张北海还曾带去一处住宅博物馆,1862—1920 年代,移民的住所。因房屋老旧,楼梯又窄,只能供一人上和下,所以就要控制人数,分时段进入。我们这一组总共十四人,只张北海一人为纽约居民,其余全是游客,其中俄国犹太人占多数,另有来自以色列和东欧。所参观房屋正是俄国犹太人的居所,房屋格式与上海新里弄堂相近,但更加局促狭小,人口又多,也和改革开放之前的上海相近。导游,一位黑女子,曾参加海湾战争,向我们出示当年户籍登记,一间前客堂居住一对夫妇和七个子女。讲述不外是生计的艰难,劳动力的廉价,前途无望,撑死也积累不起财富,然而,也都熬过来,一代一代繁衍,融入社会。我们在俄国犹太人社区看见过他们的集会,摊头上的小物件,绣品、首饰、套娃,有一些是旧货,看得出年头了,不知是不是大战时候带出来的。临时搭起的台子上,年轻人跳着欢快的民族舞蹈,音乐放得震天响,明显地摇滚化了。参观时长一个钟点,前门集结,后门解散,晒台上可见紧邻的店铺招牌——"粥天下",三个中国字,正好晚饭。餐叙间,张北海一时动容,因谈到老友郭松棻。

郭松棻李渝伉俪,当年保钓运动二位健将,同为文友,写作小说,先后已成故人。老郭与张北海一并进入联合国,李渝则在纽约大学谋得教职。虽闻名久矣,但仅在数年前的马来西亚相识,李渝陪同聂华苓领取《星洲日报》花踪世界华文文学奖。其时,郭松棻去世多年,再无面缘。这次来纽约大学,来往东亚系,常在旧人的办公室前经过,就会想起来,恍惚得很,不知怎么一来,仙俗两隔。张北海谈起老郭,一味地说"好",再无多话。他和他,不只是运动的同胞,以文会友,更是半生里你知和我知。老郭缠绵病榻之际,手无翻书之力,却勉力阅读《侠隐》,并写下孤立字句,让人情何以堪!

与张北海雅皮生活相异,刘大任是归去山林。前者隐于市,后者隐于野,无论如何隐,终究保持一点世俗心,就是写作小说。张北海的"本传"里,我们大约可挤入"交游"一档,"刘大任"三个字,却只在声闻,这一回见面,亦可称闻风而动。王渝夫妇二人,保钓出身——是携手革命,还是革命促成?保钓人士往往夫妇同志,从一而终。王渝,主编《侨报》,倘前二人谓"中隐"和"小隐",此可算得"大隐隐于朝"的"大隐"。如今事业移交下一代新侨,退下岗位,凡海峡两地文友来到,必尽地主之谊,茶饭聚谈。方才送走诗人宋琳，我们又接踵到来。就是她，告诉说，刘大任近作《当下四重奏》很值得一读。先到图书馆借阅，只到手两本旧作，新一本已借出，正在预约的流转中，与其坐等，不如主动出击，向刘大任直接索讨。动念寻找刘大任，王渝却离开纽约，在外旅行，有时在天上，有时在海上，踪迹难觅，就得另辟蹊径，迂回进行。

还是从高中入手，书店是读书人的社交中心，又加上老板的热肚热肠。高中本人与刘大任并无交集，但他的人脉广呀，牵枝攀藤，总能连得上。果然，他有一名交好，称得上纽约百事通，谁？高友工！1983年11月，我们爱荷华一行从华盛顿下到纽约，住陈幼石家，当晚主人便举办餐宴，接风洗尘。当年的我，少不更事，又孤陋寡闻，不知道轻重，后来，渐渐明白宾主的分量，可谓前后朝的衔接与过渡，而自己，在浑然中与历史擦肩而过。庆幸的是，人和事一概记录详细，有案可查。那一晚上，就有他，高友工。至今还记得他的样貌，是一个好看的男人，面色清朗，提一具黑色小皮箱，随时打开翻阅资料，如同彼时的手提电脑。他任教普林斯顿大学，每周末必来纽约，两头通勤，他热爱纽约。众人纷纷议论，如何了解纽约的本相，有说看百货公司购物大潮；有说同性恋酒吧，格林威治村有一家最著名，名叫"九个零"；高友工的意见是看戏！现在，退休的他定居纽约，住布鲁克林，但沉疴在身，不便于行。他竟然还记得我，三十多年前那个鲁莽、轻率、无知的年轻人。如今，我远超过他那时的年龄，知道他，也知道自己是什么人。我极想探望他，但由高中传去的意愿始终没得到回应，显然，他闭门谢客。等我们回到上海，不久便传来他去世的消息，在他末年，能够通上消息，这一点缘分应该知足了。

虽然没有见面，凡有问题，总给予解决与应答，这一回也是。高先生并不直接与刘大任有联络，但指出问津之路，那就是江青。此江青非彼江青，之前多年便大名盈耳。还是那一年，1983年，初到纽约，陈幼石座上宾，有一位叫郑培凯的，也是保钓分子，他负责带我们逛街，他的临时住所也纳入观光项目。他借住在格林威治村的艺术家公寓兼工作室，一大个空间，完全没有区隔，透露出早先的工业用途。这是一个舞蹈家朋友的房子，本人去中国旅行，归期在即，所以，就面临搬家。看起来，郑培凯过着一种波希米亚人的生活。我想，那个房主，中国舞蹈家，应该就是江青。现在，江青的住宅是在下东城的华尔街。关于她，我还知道，曾担任香港城市舞蹈团总监，后任则是我们上海的舒巧。

江青果然知道刘大任行踪，立即联络餐聚，地点定在下城哈得孙河边，中国餐馆"倾国"，主打上海菜。另有一家"倾城"，开在中城，招牌四川菜。老板同一对中国夫妇，退出华尔街，经营餐饮，走进"倾城"，便看出创业者思路，一改唐人街旧貌，中国餐馆到达彼方，仿佛落了草，就生出绿林风气，有些野蛮。而"倾国"，却是现代模式，建筑、装潢、空间划分、灯光布局、桌椅餐具，概为抽象派,立体几何形制,间有沪上符号点缀:月份牌、旗袍、苏绣、留声机,客人则年轻华丽一族。菜肴走日本路线,量少精致,仿若美术,多少有违上海食风的粗放,就显得局促了。早早在门前迎接,先进来一位女客,我口口声声称之"江青",她不应不辞,一径往里面走,到席前方才说:我很高兴你把我认作江青,江青是——她迟疑地接下去说——是那样的,见了自然知道。她放弃描绘,坐下了。原来是刘大任太太洁英,贞静中的豪直。我知道二位都是狂飙中的骁勇,激情平息,遗韵犹在。刘大任停车完毕,第二登场,出发新泽西,开车一小时多,却不见有疲态。看他灰白发,硬朗身,真有"种豆南山下"的稼穑气质。他坐定就取出书若干本,其中有《当下四重奏》。江青最末一个到,果然独一份。先前我们交涉餐桌,希望换一个隐蔽的位置,便于谈话,碰壁而归。但店家却买她的账,开口即成,立时移到背静一隅。餐毕,先送刘大任李洁英到泊车地方上路,再陪江青回家。只见她移步如飞,衣袂飘分,灯光照在卵石路上,再从铁铸桥梁底下穿行,说过了,这城市是钢铁铸成,跟跄尾随其背影,真像观摩一场现代舞蹈。之后,我们与江青又打交道一回,换了舞台,是拥簇嘈杂的唐人街,天下小雨。随即,她便去了瑞典,斯德哥尔摩边上的小岛,从纽约消失,惊鸿一瞥。

我们如约去新泽西刘大任、李洁英的家。一早从宾州火车站出发,终于经历了通勤族的尖峰时刻。无数条步道和滚梯载着人流,合纵连横,湍急而下。看《天才捕手》电影,珀金斯和沃尔夫也是在宾州火车站出发,也是十二号站台,但去的是康涅狄格州新迦南镇,我们则是新泽西普林斯顿一站。珀金斯他们是在蒸汽机时代,车头喷着鼻息,聚散之间,引擎发动,车轮与铁轨咬得嘎吱响。虽然动力装置进步,但那一种紧张的气氛依旧。火车从灰暗的车站穹顶开出,穿过隧道,视野刹那间明媚起来。车厢里人不多,但停靠频繁,相隔十来分钟就是一站,相当于我们的慢车。由于不停地询问到没到我们要去的地方,车长索性坐到后排,随时提醒。美国的铁路不怎么样,老而旧,但车长一律不错。去波士顿时,全车满座,只得栖身车厢衔接处,就有女车长建议去餐车,二元一杯咖啡,即可入座。餐车安度数站,有男车长过来,说有人下车,已锁定空位,让留下行李由先生负责,我一人先跟他去。穿越两节车厢,护送到位就座,他又折回头去带人。稍过一时,果见另一半拖曳大小包吭哧吭哧过来了。为什么要分两批行动?大约是为疏通起见,不致壅塞过道,也体现出对女性的体恤。

从人潮涌动、市声喧哗的纽约,来到新泽西的平原,好比换了人间。阳光普照大地,一望无际。露天下的小站,背后绿草茵茵,花枝扶疏,野蜂飞舞。列车悄然停下,又悄然启动,载走一些人,留下一些人。到了普林斯顿一站,车长大叫一声,停稳后,拉开车门,跨出去,转眼间,火车渐行渐远,消失在视线之外。四下里静极了——蜂的嗡嘤变得响亮,几乎看得见翅翼搅动,一波一波的波纹。碧青的苍穹,无穷大的弧度。越过站台的木栅栏,刘大任在向我们招手。他穿体恤和短裤,戴一顶棒球帽,显得年轻,仿佛当年的英俊少年。这一日,刘大任、李洁英带上我们,往来新泽西和宾夕法尼亚之间。车跑在公路上,向着地平线,似乎有一种镜像的效果,一个自己看见另一个自己,小小的,甲壳虫一般,在巨大的球面移动。刘大任的园子,球面上的一个点,小到不能再小,可是身在其中,却觉得广大,而且,还在继续开发。他就像一个拓荒者,挥着镢头,一下一下,刨开处女地,播上草种,栽下杂树,杂树开出花来,花果成畦,灌木包围。儿女们的家分布左右,呼之即来,驱之即去,是个联邦共和国。这个共和国,在《当下四重奏》里,叫作"简家寨"。

祁莲在爱荷华执教农科,她还记得当年在纽约,陪我买靴子的情景。她说:我们几个左翼青年,目睹一位来自社会主义国家的女孩子,被资本主义世界迅速物化!那一晚,从聂华苓家出来,她开车送我们回酒店,十字路口等信号灯,指给我看街角上的窗户,那是她的实验室。许多许多物种,相干和不相干,已知和未知,在瓶瓶罐罐里培养、分裂、合成、转化,演变出一个新世界。1983年,旅行美国,从这只手接力到那只手,这些大朋友的手,至今还在温暖我,推助我,教育我。那一次居住美国,总计一百二十天,一天不落,天天记录,事事记录,实在琐碎,甚至无聊,如今却可当作一份备忘。从日记看,从中部到东岸,再从东岸到西岸,一路接应的有:叶芸芸,余珍珠,王正方,孙小铃,时钟雯,郑愁予,梅芳,郑清茂,张光直,杜维明,陈若曦,老沈,小李,曾先生,小蔡,小杨……其中偶有再次邂逅,大多天各一方,音信杳然,我想念他们所有人!

2017 年 5 月 13 日　上海

第二辑　书评

旅馆里发生了什么

不经意间,读到英国作家安妮塔·布鲁克纳 1984 年获布克文学奖的小说《杜兰葛山庄》。在我,这是一位陌生的作家,吸引阅读的是书名。"山庄",它可能是庄园,亦可能是旅馆,在这里是后者,总之,相对孤立的空间,其中发生的故事,多少带着幽闭的色彩。旅馆,是英国小说的钟爱,是否与 14 世纪诗人乔叟有关?著名的《坎特伯雷故事》,是作者在朝圣路上记录结伴同行者的讲述,类似中国蒲松龄的《聊斋》。蒲松龄为他的采集假设一斋,即书房,收藏陈列;乔叟则将故事置放于旅店,取名"泰巴德客栈",比书斋的案头更有现场感,讲者和听者都有着生动的面目,之间的关系也是具体的,于是,又结构成一个大故事,变成故事的故事,好比《天方夜谭》。19 世纪末,坎特伯雷大主教在自家书房里举办"幽灵之夜",朋友们济济一堂,围炉夜话,讲述鬼魂逸事,作家亨利·詹姆斯从中得到灵感,写下《螺丝在拧紧》,称得上惊悚小说开山之作。极有可能，"幽灵之夜"的创意就来自乔叟的故事集，只是讲述有命名规定，接近主题论坛。一个大主教，热衷听鬼故事，难免有离经叛道嫌疑，但正当科学和哲学兴起灵魂研究，对世界开启新认识，宗教也应与时俱进，哥白尼的时代一去不返了。更可能是神职人员其实过着一种枯燥的生活，在上帝和信众面前谨言慎行，回到家中，放纵一下，也是人之常情，上帝创造的第七日不就是休息日吗？

那一具火炉，发出幽明的光；酒，喝到微醺；炉边的人呢，多是过路，偶尔的结缘，冥冥中，或也有前定。禅家说，修百年方能同舟。共同的目的地，或者不同的目的地，途中的交集。这一盆火，除了旅舍，还有，还有驿站吧。驿站总是在俄罗斯文学中出现，广袤的原野，漫漫路程，马车在换乘的驿站之间，一程接一程。《战争与和平》中，彼埃尔就是在驿站，与共济会长老邂逅；普希金的小说里，驿站也是情节的发生地；柯罗连科的短篇小说《怪女子》，流放犯与解押的宪兵在驿站过夜，讲述了那个女革命者的故事……中国文学里也有驿站，比如陆游的《咏梅》，"驿外断桥边，寂寞开无主"，虽也颓唐，但花事多少有点烟火气。还有杜牧《过华清宫三绝》，"一骑红尘妃子笑，无人知是荔枝来"，讲的是唐明皇遣人为杨贵妃千里送荔枝，想必经无数驿站换马，场面华美热闹。俄罗斯的驿站却是荒凉的，仿佛洪荒宇宙，人变得渺小，无足轻重。我想，这不仅是自然地理地貌，还有社会的原因，沙皇帝国是黑暗的历史,知识和思想堕入虚无主义,驿站几乎就是天地不仁的一个明喻。旅馆,则是人的世界,即便在乔叟的中世纪,神权的压抑之下,当然,文艺复兴已透露晨曦,朝圣的旅途,打尖的客栈,还是充斥了俗世的温暖。

时间进到 19 世纪,狄更斯问世了,小说《常青树客栈》是一个阴沉的客栈。也难怪,雪天里,失恋的人,经过换马的驿站——没有停留,入夜时分,沼泽地上一幢老房子,无论如何也不会是明丽的景象。相比之下,乔叟那一个"泰巴德客栈"倒是暖融融的。以往经历过的客栈一一出现眼前,瑞士、威尔士、巴黎、威尼斯、海德堡,还有美国的客栈,哪一个是愉快的呢? 这就是孤旅的命运吧。但是,炉火、役仆、八卦,驱散了忧郁的气氛,而且,霉运转为好运,恋人回到身边,最后,客人热情地颂扬道:"我要祝愿常青树蓊郁葳蕤,使它的根须深深扎入我们英格兰的土地之中,让天堂鸟将它的累累果实播撒在全世界,到处生根开花结果!"在这里,旅店不仅是故事的集散地,当然,役仆也向客人讲述了一串故事,但最主要的剧情,还是发生在"常青树"的现在进行时里。

20 世纪接踵而至,最著名的旅馆大约是 E.M.福斯特的《看得见风景的房间》,那是意大利佛罗伦萨的小旅馆,"供应膳宿的公寓"。我要说的《杜兰葛山庄》,大致就是这样的格式,至今为止,欧洲还有着无数家庭旅馆,都循此惯例。其时,已是上世纪 80 年代,距离《看得见风景的房间》的 1908 年,七十年时间过去了。所以，"杜兰葛山庄"是老派的旅馆，仿佛遗留于上个时代，就是通常所说的维多利亚时代。维多利亚女王在位的1838年到1901年，是英国繁荣昌盛的黄金期，我们比较频繁听到这个名词，大约来自阿加莎·克里斯蒂笔下的马普尔小姐。马普尔小姐，和职业侦探波洛相比，只能算是业余，破案是她的余兴节目，她另有自己的生活；到克里斯蒂的小说里，已经是个老夫人，认真推算，她确是维多利亚时代的过来人。维多利亚时代事实上延续到女王身后，直至第一次世界大战！马普尔小姐也自称是那个时代的人："我的侄子雷蒙德说我的心像个污水沟。他说大多数维多利亚女王时代的人都这样。而我只能说，维多利亚女王时代的人对人性懂得太多。"马普尔小姐总是用维多利亚时代的人事参照案件中的，奇怪的是，这种方法往往很见效，真相就此露出水面。这就说明，维多利亚时代的价值衡量标准具有普世性意义。

旅馆，大约可算作繁荣昌明的一个小聚光点，听狄更斯对"常青树客栈"那一番颂词！暂且不论那些偏僻的角落，勃朗特姐妹夏洛蒂和艾米丽，她们在乡间生活，那里有着一种恒定不变的命运，舒缓了进步的速度。生于1775年，卒于1817年的简·奥斯丁没有赶上维多利亚女王的好时代，她们姐妹呢，似乎也没什么明显的改观。同样是寂寞的外省风景，单调的闺阁生活，难以见到生人，就无从论及婚嫁，更何况没有嫁妆。使她们得以走出宅子，进入外面的世界的，只是邻人的又一个宅子。比如卡瑟琳在荒原上受伤，就近养息在林敦家；班纳特家的大小姐则是受凉感冒，滞留彬格莱家，然后，二小姐前去照料，认识了座上客达西先生；身世飘零的简·爱交游倒是广阔的，舅母的家、孤儿院、罗切斯特的庄园、教士的小房子——其实是孤儿院的翻版，在罗切斯特家和在舅母家同是寄人篱下，但爱情降临，与罗切斯特的婚姻有可能将简·爱带出去，周游世界，然后，就到了旅馆。

旅馆这地方，不仅意味经济实力，还意味开放的生活，维多利亚女王时代，在海外建立大量殖民地，英伦三岛的眼界就拓宽了，这两者都不是女性独自完成得了的，即便维多利亚女王，阿尔伯特亲王去世后不也隐居起来，所以，也许旅馆更意味婚姻。世风日变，到克里斯蒂的时代，旅馆里渐渐有了单身女人，多是年轻、经济独立、拥有事业的女性，后来，老宅子改造，青年旅社应运而生，女孩单身出行就算不得奇观了。像马普尔小姐这样的老派人，在旅馆的常客里是个特例。她终身未嫁，靠父母的遗赠节俭度日，但是她总是遇到慷慨的人。比如侄子雷蒙德，曾经资助她在加勒比海住上一阵子，养养她的老寒腿；旅馆里，认识一位拉菲尔先生，于是又有了下一次旅行。她已经到了那样的年龄，单独和陌生人打交道不会有风险，无论身体方面还是名誉方面。旅馆是一个不循常规的地方，就看谁让谁进去：E.M.福斯特的人进去，会邂逅爱情；阿加莎·克里斯蒂将马普尔小姐安排进去，就必定发生谋杀案。

杜兰葛山庄位于瑞士,日内瓦湖畔,从名字就见出私人宅邸的前身,果然,属当地名门望族胡伯家族的产业。可以想象是一幢老建筑,并且保持旧风,没有电子音乐,没有景点广告,没有桑拿房、美发厅、售品部,同时呢,客房也呈现改造于家居格式的限制,狭小,逼仄,不规则的空间,局促地安置着桌椅床铺,卧具窗帘的颜色是暗淡的中间色。然而,楼梯却是宽阔的,大堂——这里叫"沙龙",则是古典主义的华丽,鲜蓝色地毯,玻璃圆桌,扶手椅——我想大约是洛可可式的弯角与曲线,立式钢琴,弹琴的老先生领口系着蝴蝶结,弹奏的也总是老调子吧。中国古曲唱的"眼看着起高楼,眼看着宴宾客",就是那一幢楼,但最后一句,"眼看着楼塌了"没有发生。仿佛历史忽然偏离必然性,转进壁龛里,封存起来。倘若是马普尔小姐,就又要生疑,她走进"伯特伦旅馆",看见一幅过时的图画,立刻警觉到不对头。马普尔小姐是个恋旧的人,常感慨人心不古,今不如昔,但真看见时间绕行,兀自流去,抛下一截残桩,犹如孤鬼还魂,且会不安。她是个明事理的人,知道世界在变化中。最后,伯特伦旅馆之谜被她破解,其中果然有大奥秘。

阿加莎·克里斯蒂的生卒年为 1890 年至 1976 年,安妮塔·布鲁克纳则是 1928 年至 2016 年。两人并驾齐驱四十八年,共同跨越一个时代——两次世界大战,以及战后重建。后者的写作开始于前者身后的 20 世纪 80 年代,文学史早在克里斯蒂同时期已经迈入现代和后现代,弗吉尼亚·伍尔夫是为代表人物。克里斯蒂借马普尔小姐的嘴,讽刺现代小说里的人物"郁郁寡欢",维多利亚时代的人说话总是含蓄的,可是"郁郁寡欢"不也正是对虚无主义的一种描绘吗?但是,很显然,安妮塔·布鲁克纳有不同的看法——《杜兰葛山庄》的女主角埃迪斯·霍普约莫与马普尔小姐的侄子雷蒙德同辈,两人都是作家,两人的恋人又都是艺术家。区别在于:后者有情人终成眷属;前者,却是在常伦以外,于是,不得正果。克里斯蒂虽然循历史发展而进步,但生于维多利亚女王在位时期,根性生成,大局已定。埃迪斯·霍普是伍尔夫的忠实粉丝,为自己生有伍尔夫的脸相而骄傲,偏偏不巧,同住杜兰葛山庄的客人,普西太太,说她像的是另一位史上名人——安妮公主。英国历史上有多位"安妮公主",最著名的是亨利八世第二任妻子,我也以为指的是她。她以淫乱的罪名被指控,然后正法,暗合着埃迪斯插足他人婚姻的爱情。

安妮塔·布鲁克纳让自己的人物做现代主义信徒,自己却因循传统叙事模式,有一说一,有二说二。埃迪斯小姐,在伦敦闹了一出"逃跑的新娘",既为避祸,又为疗伤,走进杜兰葛山庄。第一个邂逅,是一条名叫"琪琪"的小狗及它的主人,莫妮卡;接着就是那位系领结的老钢琴手,他让我想起上海80年代复兴时期,和平饭店的老年爵士乐队,沉寂多年,终于又到了他们的黄金时代,可是,青春不复存在;第三,是斗牛犬形状的老太太,博纳伊伯爵夫人;略过一些散客,也就是龙套角色,目光终于聚焦到核心人物——普西太太和女儿詹妮弗。这一对母女称得上星光闪耀,容貌美丽,衣着昂贵,母亲仪态万方,女儿天真娇憨,母女间的亲情更是怡人。这一幅沙龙图画,收尾在经理室的办公桌后,老胡伯先生,客人们在他心中有一张谱,谁也脱不出他的视线。现在,一起谋杀案——假如说,有谋杀案在等着——人物都到齐了。《尼罗河上的惨案》,旅行出发的前夜,各路宾客汇聚瀑布饭店的露台上,可不就出事了!这只是开头,之后,还将有多次集合,集合的场地,最自然合理的,就是用餐。尼罗河游轮的第一餐饭,客人们依次就座,我以为是又一次点名,涉案人员重新亮相一回,形态就更鲜明一成。同样,埃迪斯在杜兰葛山庄住下,将一次又一次的用餐,端倪就渐渐浮出。

唯有这样的老派旅馆,一半回头客,逗留时间又长,就像《看得见风景的房间》里,供膳宿的公寓,美国的"床和早餐"(BED AND BREAKFAST)大概就从那里来,几乎一日三餐共处一室。于是呢,产生一套旅居的礼节,同桌时的寒暄,饭后茶余的闲聊,一个临时性质的小社会就此形成,故事也来了。大型现代酒店,唯早餐有机会谋面,二三日便又上路,你来我往,如过河之鲫,人际关系是疏离的。当晚,埃迪斯坐在她独用的餐桌前,再一次清点她的同住者:斗牛犬样貌的伯爵夫人袒露出旺盛的食欲和酒量,吃相其实隐藏着相当的信息量,但未到时候,还不够做出判断;伴狗女士则胃口缺乏,甚至有厌食症的迹象,和第一面兴质盎然的印象不同,显得憔悴;那一对母女依然是光环的中心,熠熠闪烁,也是好胃口,和伯爵夫人不同,更像是贪嘴的孩子,而伯爵夫人呢,除去吃喝,还剩下什么呢?人物渐趋生动,悬念随之而起,一定会发生什么。很像是谋杀案,又不完全像,差异在于,埃迪斯不是马普尔小姐,更不是波洛先生,侦探的眼睛,看到的就是谋杀,一个作家呢?她崇拜弗吉尼亚·伍尔夫,此时又身陷情网不可自拔,但经纪人的态度是:"爱情小说的市场已经不同以往了。现在流行的是职场女强人的性奇遇,到处都是手提公文包的年轻小姐。"现代作家,哪一个能离开经纪人?所以,我猜想她应是介于大众和小众之间。一个爱情小说家的眼睛,将看见什么?看见爱情不错,又会是怎样的爱情?许多谋杀案与爱情有关。

悬疑呈渐强趋势。杜兰葛山庄的营业正进入淡季,马上就要打烊,客人余下这么几位。第一场雪下来了,情景向阿加莎·克里斯蒂的《无人生还》逼近。埃迪斯与周围的人搭上话,抬头不见低头见的。她认识了年轻服务生阿兰。普西太太和女儿詹妮弗邀请她一起喝饭后茶,同时向她介绍自己的幸福人生,那就是豪华旅行。逝去的丈夫留给她财富和自由,于是,周游世界,准确说,从一个旅馆到另一个旅馆。由于贴近的相处,埃迪斯发现一个秘密,那就是年龄。普西太太远不是看上去那么年轻,以此推算,女儿詹妮弗不再是个孩子,少女的打扮透露出尴尬,当嫁未嫁,青春已大。接下来,爱狗的女士也向她示好,意欲结成联盟,对峙普西母女,这个小社会就有了划分。伯爵夫人已经老到不能听不能语,于任何一边都派不上用处。她有着真正的爵号,晚年却走入平民的历史,那就是被儿子媳妇挤出宅子,住在旅馆,等山庄关门,再转移到洛桑的教会养老院过冬。

阅读的快感不仅保持在悬念,还来自故事里的闲适,大约就是维多利亚时代的风气了,中产阶级的趣味,不是衣食的苦争,亦不作哲学玄思,两者都有虚无主义的倾向,包含着存在的奥秘,这里只取中间的一段,物质生活,现实和精神的恰到好处。看小说中的人物、风景、美食、咖啡、八卦,这些琐细终究不完全无聊,而是有所暗示。说到底,你不相信作者会平白无故写下一些闲章,将不相干的人集拢一处,然后解散。又不是日本平安时代的女性小说,日常细节里都有禅机,就看你识破识不破。当然,现代主义小说也是没有叙事伦理负担的,它们从解构理论获得赦免,可任意处置人和事。

上世纪 80 年代是个宽容的年代,许多限制都在取消,人们都有耐心"等待戈多"。我们对安妮塔·布鲁克纳了解不多,不知道她属于哪个阵营。然而,《杜兰葛山庄》既已具象地开始了,大概不会终结于抽象。事实上,平淡的表面底下在积蓄着转机。有新人入住了,是从日内瓦主会场派生过来的一个非正式会议,日内瓦可是国际会议中心,周围地区就可以拾个洋落。这些客人并没有直接生产情节，但是，营造了气氛。曲终人散的下行旋律，又抬起头来。埃迪斯，如今也算得上老住户了，她惊讶地发现，酒店里的年轻服务生远不止阿兰一个，而是有许多个，生意清淡时节使用假期，一旦上客了，招之即来。胡伯先生也到前台来了，原本已经移交给女婿执行。这一位胡伯先生，不知道作者有意还是无意，显得很神秘，总是坐在办公桌前。想象中，是一间背光的屋子，终日亮一盏绿玻璃罩台灯，光晕底下，一本住客登记簿里，记载着杜兰葛山庄的前生今世。不仅让人怀疑，酒店老板只是表面的身份，潜在还有另一个。比如，犯罪人；再比如，侦探，如同波洛。整个山庄，唯有他，脱离埃迪斯的视线，兀自活动。当然，活动相当有限，但也足够暗示，在叙述者可视范围外，又有一双法眼，俯瞰山庄里的人和事。

预感充实着等待的时间，同时，生活照常进行。住客们彼此熟络起来，并不到稔熟，而是半知半解。这样的程度正合乎八卦的要求，也唯英国绅士淑女才可控制方寸。这个一直拥戴皇室的国度，保持着贵族的观念，与其说是"阶级"，更可能是仪式，就像中国古时的"周礼"。现代化的进程从内瓤穿过，留下外壳，无论怎么着，外壳上的体面不能放弃。我以为老式旅馆既是这种文明的体现，又是其中的自由和浪漫，偏离固有的社会，做熟悉的陌生人。汽车旅馆则是美国故事的标配，比如《洛丽塔》，比如《断背山》，是原始人性，又是人性的烂熟。在这里，杜兰葛山庄，无论实质演变成什么，优雅是不能丧失的。

内维尔先生，是日内瓦会议的与会者，或者尾随而来观光，总之，就在这个时间段，旅馆再度热火起来的当口，他来了，并且滞留下来。普西太太立即向埃迪斯宣布："你也有位仰慕者了。"爱情的年华已逝，膝下又有女儿待字阁中，对这类事格外敏感，也多少生出醋意。看起来，有情况在发生，虽不是期望中的那种，谋杀案，但也不离旅馆剧大谱，男女情缘，就像《看得见风景的房间》。内维尔先生，身材颀长，衣着以中间色为基调，手上拿一顶巴拿马草帽，可以想见何等样的姿态和风度。他的出场真很像 19 世纪简·奥斯丁《傲慢与偏见》，单身汉彬格莱先生来到乡间，其时发现，杜兰葛山庄的长住客竟然全是女性，来自的国度不同，阶层不同，经历不同，年龄不一，却全是单身。日内瓦的客人显然已经退房离开，尖峰时刻过去，另一种骚动起来了。普西太太发现内维尔先生仰慕埃迪斯的同时，终日与小狗琪琪相伴的女士莫妮卡，很微妙地，以求助的口吻透露她受到垂青，她对埃迪斯说："能不能行行好，坐到我旁边来？今天我实在不想再应付那个男人了。"事实上呢，内维尔先生约会的，还是埃迪斯。姜是老的辣，普西太太的眼光就是辣；再则，人在事外清。可是，真的人在事外吗？又不尽然，晚上发生一件事——我们等待这么久，耐心终于有了回报。虽然不是谋杀案，但在这个避世的平静得难免乏味的小旅馆里，引起的激荡也相当可观。满月之夜，尖叫划破长空，楼道上响起惶遽的脚步声,向着普西太太的套间。这一幅图画又滑稽又诡异,母女俩站着,内维尔先生跪着,逮住夜间侵犯者,一只蜘蛛!内维尔先生受老少女性的调派,不无戏弄的意思,可绅士在任何境遇中,处之泰然。他继续住下去,并且,继续和埃迪斯约会,一个爱情故事即将走向完满,只剩一个缺口,眼看着就要合围。

此时此刻,普西太太的生日庆典来临,仿佛是下一个喜期的序幕。寿星隆重登场,"带着一种巴洛克式的富丽堂皇",专用的餐桌上鲜花盛开,杯盘闪烁,服务生团团转,客人们也团团转。迎奉捧场却不是免费的,需付出代价,那就是说出你的秘密来,普西太太芳龄几何!答案是,"差一岁就八十了"。在东方是让人敬仰的高寿,可是,对于一个美丽、性感、需要爱的滋养的女人,却有点残酷了。更要命的是,推算更进一轮,再是晚育,母亲坦承经过十二年的"艰苦卓绝和无私奉献",女儿詹妮弗也已临界危险的边缘,和埃迪斯同年,差一岁四十。一只脚在青年,一只脚迈向中年,而婚姻遥不可及。从简·奥斯丁的时代到安妮塔·布鲁克纳,一百五十年光阴转瞬即逝,人生的主要事件还是那一个,女人怎么样嫁出去。相比之下,埃迪斯的斩获称得上富裕——一个情人;一个未婚夫,被奢侈地抛弃在婚礼上;现在,又有一个"仰慕者"。埃迪斯所以乐于和内维尔先生往来,多少有些被周遭气氛推动,羡妒的目光,争夺的出击,还有普西太太的诅咒——就是在内维尔先生来到的时候,她终于想起来,埃迪斯像的是,被斩首的安妮公主,不是吗?一言既出,内维尔先生"背部猛然一抖",分明看见四下里刀光剑影。

　　事情不是如阿加莎·克里斯蒂的谋杀案,一下子发生,也不完全像简·奥斯丁笔下的散漫,那么多的人和事,慢慢积蓄起来。那年头,无论写还是读,都很有耐心,旷日持久,人迹稀疏,又足不出户,讲故事和听故事最可打发时间。"杜兰葛山庄"是刻意为之的小世界,放空时间,与世隔绝,在它里面,事情不能太快,也不会太慢,这就是旅馆,不像庄园,是暂时的停留,而非永久居住。它既保持叙事的效率,又不违反自然生成状态,在日常的共识里,戏剧性依自身的逻辑演绎和激化,就像水面之下的潜流。鲜花、蛋糕、酒、吐露隐情,人人都触动心情,回忆往事。往日彼此看不顺眼的女人们,忽变得柔情蜜意,缠绵悱恻,久久不散去。狂欢之后,常是人意阑珊,次日早晨,旅馆显得清寂。这一回,是真要歇业了,就当人们怠惰下来,一切准备结束的时刻,又出事了!虽然之前有过虚掷一枪,人们依然激动起来,门在碰响,脚步杂沓,高声的争吵,一个男子的叫喝穿透而出,动静还是来自普西太太的套房,谁让她是旅馆里的中心人物呢!不是谋杀案,故事已到末梢,再发生谋杀时间不够了,是另一种悬疑。普西太太靠在卧榻上,看起来像是心脏病发作,詹妮弗呢,并不在身边,而是在自己床上。薄如蝉翼的睡衣,垂落的肩带,春光乍泄的肉体,表情却是抑郁的。究竟发生了什么?谁都说没事,没事,可是谁相信呢!

最奇怪的是,年轻的服务生阿兰也在场,按规矩他是不该进客房的,只听他连连声辩:"我什么也没干啊!"端倪就在这句话里,此地无银三百两,事情已经明白一半,可是谁都装不明白。维多利亚时代的遗韵还在,话到这里必须住嘴,再说下去就失了体面,唯有埃迪斯这个现代人,很不识相的,非要问个究竟:"能不能有谁告诉我……"胡伯先生喝道一声"白痴",听起来是对阿兰,其实呢,要我说是对埃迪斯。没有人理睬埃迪斯,她只能自己猜测:阿兰这会儿说不定正搂着自己的小女友开怀大笑呢!要发生的事情终于发生了,亦不过如此,谋杀案总是难得,真要发生了很可能并不如想象中的传奇。埃迪斯的遭际还没有结果,旅馆里的生活转移了注意力,反而将主线忽略了。这条主线以埃迪斯给情人的书信表现出来,小说本身就是文字叙述,文字里的文字更缺乏生动性,兴趣总是在客观的现场上,难免使主述人自己进入盲区。现在,可以想见的最剧烈的情节过去了,延宕阅读欲望的还有什么?

旅馆里重新恢复平静,女人们回到面上和睦背后嚼舌头的状态,一百多年前,《傲慢与偏见》的场景仿佛穿越时间隧道,浮现出来。都在拉拢内维尔先生,唯一的男性住客,埃迪斯稳占优势。追逐的过程近似达西对伊丽莎白,用内维尔的话说:"男人觉得猎物要是不够狡猾,太容易得手,也就没什么意思了。"现代人真是有什么说什么。归宿则大相径庭:那一对月老穿成红线;这一对,截止在求婚的一幕。内维尔坦陈对未来婚姻预设,那就是各不干涉,有一点像萨特和西蒙·波伏瓦的约定,但少去了知识分子理想的实验,只剩下一己私心。即便20世纪80年代,婚姻依然是稀缺的礼物,很显然,埃迪斯对爱情还保持着古典的观念,可是,时间不等人,世道在变。她其实也在屈就,以另一种现代性方式,那就是允许自己在婚姻外围获取爱情。离开杜兰葛山庄之际,她给情人发了一封电报,20世纪80年代,还没有手机短信,用字就很简要,两个字:"即归"。是归回居住的城市伦敦,也是归回不伦之恋。时代不同了,简·奥斯丁的那些没有嫁妆的女儿,只能寄居在长兄家中,做个姑妈,事实上就是伴女的身份,克里斯蒂的谋杀案里,伴女常常担任凶手的要职。伊丽莎白的好运气千载难逢,简·爱呢,夏洛蒂·勃朗特慷慨地给予一小笔遗产,而罗切斯特赔进一双眼睛,于是,从此过着幸福的生活。经济独立如埃迪斯,至少,至少可以不嫁!

2017年6月24日　上海

注:《杜兰葛山庄》,[英]安妮塔·布鲁克纳著,叶肖译,北京燕山出版社,2016年7月出版。

祛魅时代的异象

　　就像加西亚·马尔克斯《百年孤独》,故事从军人身上起头。"多年以后,面对行刑队,奥雷里亚诺·布恩迪亚上校将回想起父亲带他去见识冰块的那个遥远的下午。"已成为开篇的名句,多少小说随即跟进——从未来出发追溯过去,时间上制造回旋,更别致的,追溯是在一件全不相干的细节,于是,叙事就被纳入隐喻中,一径进行下去。《谁带回了杜伦迪娜》里的斯特斯的军级要低一阶,只是上尉,但奥雷里亚诺这个"上校"是在野的部队,斯特斯上尉则是公国亲王的地方队伍,政府军的性质。小说中写他身穿"地区上尉的制服",又一处写到他的斗篷:"领子上亲王所属的公务员徽章上印着狍子的一只白角"。他的工作是向亲王负责,亲王则向大主教负责,以此可见国家体制为教会辖下的军人政权,这也和《百年孤独》相仿。

　　文学史大概就是这样套接起来的。写于 1966 年,三年后的

1969 年获诺贝尔文学奖的《百年孤独》，引燃"拉美文学大爆炸"，成燎原之势，晚生的中国大陆小说，也在 80 年代中期，奋起直追，赶进热浪。不只是因为诺贝尔奖吧，许多获奖的人和作品隔年就没入寂然，所以，一定另有特殊贡献。是否在于西方叙事文学主流之外，开辟新支，为现代主义提供又一个模型？它将写实与虚拟的壁垒凿开一线，天堑变通途，人称"魔幻现实主义"。中国文学里，也有一路神秘隧道，《红楼梦》，如要命名，是否叫作"真若假时假亦真"？在儒家的道统中，操老庄的法器，自由来去，不是一般的天赋可以到达的境界。"魔幻现实主义"的条件比较具体，或者说物质性比较强，我以为，主要有两项：一是民间传说，二是社会生活资料。资本经济覆盖全球的今日世界，处于边缘的隔绝的地域，自给自足的逻辑运行，恰巧为"魔幻"提供了"现实主义"。地处南美的哥伦比亚与南欧的阿尔巴尼亚，某种程度上条件相仿，就像一种生物细胞裂变，在不同的时间、空间发生，是极有可能的。晚生于 1936 年的伊斯梅尔·卡达莱在 1980 年完成《谁带回了杜伦迪娜》，借鉴《百年孤独》也许更是自然而然。

倘若有心，在阅读中会发现一些颇有意味的巧合。《呼啸山庄》，希克厉为报复卡瑟琳嫁埃德加·林敦，诱惑林敦家的姑娘，埃德加的妹妹伊萨贝拉私奔，来到呼啸山庄的蜜月头一夜，似曾相识，那就是莎士比亚的《驯悍记》，新娘随新郎入住洞房的情形，那任性的姑娘是如何被调教的？我相信艾米丽·勃朗特一定读过莎士比亚的戏剧,勃朗特的家里会有一间书房,就像林敦的画眉山庄,小孩子们成日价在书房里读啊写的,逢年过节,还会自导自演戏剧。从莎士比亚那里获得灵感的作者不在少数,就像画家们向《圣经》和希腊神话攫取题材。写作是创造不假,可终究一步一步走来,后人难免踩到前人的脚印里。就像方才说的"套接",或者人们所称的"中国魔盒",一层套一层。"中国魔盒"的说法来自哪里,有点让人生疑,倒是俄罗斯套娃的形象很生动。比如,《浮士德》,歌德自 1774 年至 1831 年几近六十年时间完成;事实上,之前二百年,1587 年,就有根据同一位历史人物写作的故事书《魔术师浮士德博士传》;接踵而至的 1588、1599、1674、1725 年,相继有各种写作问世;在此同时,《魔术师浮士德博士传》译成英语,由英国剧作家马洛改编剧本,于 1588 年出版,搬上舞台,于 17 世纪巡演德国,回到家乡,再经本土化改造演出,到歌德的时代,浮士德已经走进坊间民里,成为通俗戏和木偶戏,今天全世界读到的《浮士德》就在此时萌生。中国叙事艺术的流传中,明清小说中遇到唐传奇的人和事,再从唐传奇中窥见魏晋"鬼神志怪书"痕迹,亦是常有的邂逅。即便天书《红楼梦》,红学家们多承认从俗文学《金瓶梅》脱颖。就这样,歌德的《浮士德》出世了,这一位浮士德令人想到《巴黎圣母院》的克洛德·弗罗洛副主教,同样的饱学之士;同样的对知识不满足;克洛德副主教将世界真相的发现寄予炼金术,正符合浮士德的前史和命名,炼金术师,其时投射在

71

助手瓦格纳身上,瓦格纳有一间实验室;二者同样受魅惑,这魅惑同是女体,浮士德的那一位叫格蕾辛,克洛德的则是著名的艾丝米拉达;在浮士德,魅惑的恶魔变形为狮子狗,克洛德的魅惑来自无名的力量,却也化身畜形,一只金色角白色身的小山羊;魅惑的主角都以悲剧收场,但归向不同,也是出身使然。艾丝米拉达是吉卜赛人,更可能是娼妓的私生女,被吉卜赛人调包,最终被判女巫处以极刑。格蕾辛来自平民家庭,她的命运比较接近市井社会里,不规矩的女儿常有的下场——绰约中,仿佛显现出几重叠影。格蕾辛受浮士德支使误杀母亲,且哥哥死在浮士德剑下,情景很像哈姆雷特与爱人俄菲丽亚的哥哥欧提斯决斗的一场,前者是为母报仇,后者为父亲。歌德当然看过莎士比亚戏剧,梅菲斯特带浮士德去看戏,说是"魔女世界",但人挤人的,分明是勾栏瓦舍,浮士德不也说"这简直有点像是集市",大约就是歌德幼年在法兰克福看戏的经历。场次的标题"瓦尔普吉斯之夜的梦",以及人物和情节,明显来自《仲夏夜之梦》。也有可能是相似的历史阶段所致,原始社会就是野蛮的,中国的春秋战国不也是,刀起刀落,剑来剑去,杀人不过头点地!这是一重影;又有一重——格蕾辛娩下婴儿,溺死后被判罪关进牢狱,浮士德则自顾自寻欢作乐,是不是有些类似托尔斯泰《复活》中玛丝罗娃的遭遇?聂赫留朵夫到狱中看望玛丝罗娃,也像浮士德探监格蕾辛。还有雨果《悲惨世界》里的芳汀,芳汀的孩子没有死,活了下来,忏悔赎罪的也不是始作俑者,而是另一个人——冉阿让,救世的理想在 19 世纪文学中人格化了,似乎也意味着世俗化的小说逐渐取代诗剧的位置。由于印刷术的发明进步,纸质的小说书传播更加广泛和流畅,写作者参照的资源也就越来越丰富。狄更斯《老古玩店》的开头,向晚时分,"我"在街头散步,遇见问路的小姑娘,这一场景在二十年后的俄国小说《被侮辱与被损害的》中,也是开头部分出现了,气氛忧郁,故事也更为哀戚。不幸生于俄国的黑暗时代,陀思妥耶夫斯基无论命运、身体、性格都是低沉的,在工业革命勃兴中出道的前辈狄更斯,则元气旺盛,一派欣欣向荣。

文学史大约就是这样弥漫开来,氤氲般涌动,边界是模糊的,又是错落的,也许在很长时间段的重复之后方才突破一点,冒出新元素,所谓铺路的石子,指的就是这种重复。在重复中增量,同时介入个体的经验和想象,最后达到质变。所以,并不是简单的重复,而是渐趋渐进。

好,回到《是谁带回了杜伦迪娜》。斯特斯上尉在睡梦中被敲门声叫醒,得到报告,弗拉纳也家远嫁到波希米亚的女儿杜伦迪娜回来了。新妇归宁本是自然的事,奇异在杜伦迪娜自称是哥哥康斯坦丁接她回家,而她所有的哥哥,包括康斯坦丁,全在三年前和诺曼底军队的作战中身亡。弗拉纳也是阿尔巴尼亚最古老的家族之一,贵族的光荣家世以骁勇善战和源远流长立名,受到册封,小说中没有任何关于时间背景的交代,我们或者决定故事发生在虚拟的历史之中,但有些细节却又透露出写实的迹象。比如"诺曼底军队",比如罗马天主教和拜占庭正教的对峙⋯⋯无奈我对阿尔巴尼亚这一民族国家了解有限,虽然曾有一度政治结盟,有一首歌曲"海内存知己,天涯若比邻",唱的就是我们和他们。在那个离群索居的年代,这个山地国家担任着中国对西方的想象,使原先就肤浅的认识更加变形。所以,无法判断哪些细节影射哪些现实,我只能启用文本内部的条件分析和诠释。前面说过,我们假定故事发生在教会辖下军人政权的公国,政治和行政已经相当成熟,军人维持国家秩序,教会掌控意识形态,无论天主教还是东正教,都建立在祛魅的文明基础上。这个"祛魅"不是从唯物主义无神论出发,也不完全是科学,与儒家"子不语怪力乱神"也不尽相像,而是对魔鬼撒旦的警觉,维护上帝的旨意施行大地,所以,这一桩诡异事件上升到了教会之争,成为某一派攻讦另一派的口实,同时证明自己的正统地位。在此压力之下,就必须调查真相,厘清事实,以正视听。

从某种角度说,这也可以视作破案小说,特殊的地方在于,是用实证的方法推断灵异事件。灵异事件真的发生了,无可置疑,实证的壁垒严丝合缝,没有一线通融的罅隙。这就是斯特斯的为难所在,上尉极尽努力,企图打开两个空间的入径。他睡意未醒,在黎明前的暗夜中去往弗拉纳也家的宅第,白色的花瓣飘落,就像方才晨梦的延续。混沌暧昧的气氛贯穿办案的全过程——太阳是憔悴的,天下着寒雨,或者下雪,满目霜色,小灌木在风中瑟瑟发抖,田野荒芜,和杜伦迪娜的交谈犹如两个梦游者对话⋯⋯魔幻与现实的边缘变得模糊,似乎为穿越铺设道路,可是,俗谚道,看山跑死马,可望而不可即。凿通两界哪有这么容易,需克服重重屏障。这部一百三十页汉字译文的小说,任务就在突破阻碍,从此方到达彼方,现在,事情刚刚开头。

也许,比较前辈马尔克斯,伊斯梅尔·卡达莱是拘谨的写实主义者,马尔克斯可以让美丽的雷麦黛丝升天,后者却样样要求合乎实际。不能就此以为卡达莱缺乏想象力,有那么多的民间传说、神仙志怪充斥听闻,升天的奇迹不难发生,难的是做决定,需要还是不需要。而且,我想南美和巴尔干半岛的山地生态不同,热带的温湿度,氤氲弥漫,物种奇特,分泌着致幻的荷尔蒙,异象叠起。马尔克斯的名言,魔幻是拉丁美洲的现实,我想,大部分指民族命运,也有一小部分指的是自然地理吧。山地国家阿尔巴尼亚,属亚热带地中海气候,夏季干,冬季雨,稼穑以旱地植物为主,生长期长,种类相对有限,现实的质地要紧密坚硬。"魔幻"就像石头上开花,需要极强悍的鼎力。所以,《百年孤独》里,"魔幻"与现实相应相生,融为一体;在这里,《是谁带回了杜伦迪娜》,"魔幻"是为出发,向现实挺进。

首先一件事,斯特斯上尉向当事人杜伦迪娜询问,究竟谁带你回家?答案是哥哥康斯坦丁。传言变真,再不能回过头去装不知道。魅惑的空气遍地起烟，带着一股忧伤，流动在模糊地带。接下来，还能做什么呢？去墓地。杜伦迪娜说，康斯坦丁送她到母亲门前，径自转身向着那里，消失了背影。

墓地是死者长眠的地方，同时供生者祭奠与悼念。倘若将实用价值引申，它便代表了生者和死者的隔离和连接，继而抽象到人世和冥界的边境，于是成为隐喻。但斯特斯却是做实地勘查，搜索证据。事情变得滑稽，可斯特斯的态度是："我没想到这样荒谬的事，我脑中是其他的事。"这"其他的事"是什么事？能否消除不真实感，至少，使可笑变得严肃些。从"其他的事"回到本来的事，也就是客观性上，康斯坦丁的墓有什么异常吗？石板似乎移动过了，这又说明什么呢？作者显然不打算写一个灵异故事，斯特斯显然被设计成理性主义者，他对墓地发下誓言："我会找到这个人！"可视作向异象宣战，要注意，他说的是"人"！然而，很微妙的是，他的副手，一名下级公务员，旁观者清，认为上司他——"会越过自己的权限"。此时此刻，边界又出来了，灵异和现实两座壁垒拔地而起，斯特斯上尉，事实上，是作者伊斯梅尔·卡达莱，有没有力量超越，解开疑团。

现在，斯特斯的思路清楚了，破解异象的关键是找人。查询的命令下达到所有的旅店和驿站，有没有看见过年轻的一男一女，同骑或者各自骑一匹马，打尖或者喂马。副手——这个人物浮出水面，越来越多地发表意见。副手告诉他的上司，大家都认为他们是在"云中穿行"。斯特斯的回答大有深意,他说:"别的人,有权利那么认为,但是我们不能。""我们"是谁?教会国家的公务员,必须对灵异现象说"不"!

杜伦迪娜嫁去的中欧小城,波希米亚地区的伯爵领地,距阿尔巴尼亚的娘家路远迢迢。母亲曾三次派信使送去消息,前两个中途折返,第三个一去不回。不期然间,却有人成功带回杜伦迪娜,究竟是谁?印象在反复追问下变得更加模糊,或者说,杜伦迪娜神情恍惚,唯一清醒的是,回家的愿望。和《百年孤独》布恩蒂亚家的女儿一样,凡嫁出去的都要回来,不同的是布恩蒂亚家的回来了,这里的却回不来。其中顶让人扼腕的一位玛利亚·玛昙伽,因思乡而颓萎,死在了异地。杜伦迪娜回来了,从进家门的一刻就病倒,不久于人世,和母亲一同逝去。母女俩的丧事很盛大,阿尔巴尼亚的一门贵族弗拉纳也陨落了。葬礼的仪式有一幕似曾相识,那就是哭丧女。一百年前,法国作家梅里美小说《柯隆巴》中,柯隆巴就是一位远近闻名的哭丧歌女,她在父亲葬礼上的哭丧歌传遍四野八乡,成为"流行歌曲",歌曲的内容为父亲申冤,是一份广而告之的陈情书,为将来的复仇做舆论准备。之后,她带哥哥参加邻人的殡葬,所唱的那一曲,则是战前动员,激发起哥哥被文明驯化了的原始人血性。科西嘉岛与阿尔巴尼亚隔着亚平宁半岛和亚得里亚海及奥特朗托海峡,但同属地中海地区,科西嘉岛是法国的飞地,地缘上与意大利紧邻,意大利语是他们的方言，阿尔巴尼亚曾被意大利占领，民情风俗贯通融合极是自然。两地的哭丧歌曲有一个共同的叙事特点，我想，史诗，比如《伊利亚特》《奥德修纪》，藏族的《格萨尔王》，大约都是从哭丧歌起源，抑或反过来，哭丧歌借用叙事诗的体例。在弗拉纳也家族最后两位后人的葬礼上，哭丧女的挽歌呈现出杜伦迪娜回家的完整解释，这解释建立在超现实的基础上，其实，在更早些时候，守墓人也向斯特斯提起过，只是被忽略了。就是说，康斯坦丁在妹妹婚礼上，向母亲承诺一定要将妹妹带回来，生前未及兑现，身后就从坟冢里起来，带回了杜伦迪娜。哭丧歌就像谣言一样迅速传播，用斯特斯的话说："就在我们眼皮底下，一个传奇正在诞生。"这一幅图画令我想起中国鬼话，钟馗嫁妹，多么旖旎又瑰丽啊！但是，在祛魅的时代，却是疑云密布，阴霾笼罩。

斯特斯是不相信传奇的，必须将传奇合理化才能接受，"作为一个法律的仆人"，他自我认定道："这意味着这种哭悼代表了比它看起来更多的东西，它想自己充当法律。"这句话相当费解，显然不足以阐述斯特斯的想法，但是，至少说明他已经先期觉察到危险，新的将颠覆旧的。此时，公国的大主教的忧虑仅限于教会之间的权斗——"巫术的扩张给教会构成了问题"。也就是说，必须力求保持政治正确。斯特斯的不安则是本质性的，关乎对世界的认识。他自始至终被一股忧郁的情绪控制，这也是小说选择他的视角叙述的原因吧，叙述者的眼睛决定了故事的格局。觑见大主教的路途,风景凄楚,仿佛"原野穿上了丧服",就像哥白尼的"日心说"颠覆"地心说",脚底下的土地在塌陷。心情纠结,理性和感性打着架,一边说"荒唐",另一边呢,分明有一股更为吸引人的力量在抬头。

大主教的指令很简单,必须找到带回杜伦迪娜的人,"要是找不到,就要创造一个出来!"唯其如此,才可消除"异端邪说"。简而言之,证明嫌疑人清白,必须找到真凶。

事情强行推到现实主义的世界,顿时变得纷攘起来,一堆具体的庶务放在面前,倒是将斯特斯从虚无的黑洞拯救出来。公布指令,通缉和逮捕可疑分子;派出人马出发波希米亚,调查杜伦迪娜离开的情形;几乎前后脚的,波希米亚来人了,于是就要接待。来人带来杜伦迪娜临走前的留言,写道:"我和哥哥康斯坦丁走了。"这留言证实了"异端邪说",后面却有两个模糊字迹"如果",于是肯定的语气又变成假设性的了。如果,所谓的"哥哥"是另一个"康斯坦丁",一个情人,来人不是说,新嫂嫂在婚姻中一直很寂寞!"康斯坦丁"只是即兴杜撰,她并不知道哥哥们都死去了。这时候,致力于阅读家族档案的副手也有了新线索,杜伦迪娜和康斯坦丁兄妹间早已存有乱伦的倾向,《百年孤独》的飞絮又扬起了。巴尔干半岛上的古老民族,人称"山鹰之国",山地和丘陵占四分之三,大约有点接近老子的理想国,"邻国相望,鸡犬之声相闻,民至老死不相往来",外族侵入改变朴素的原生态,也许特别

79

适合《百年孤独》的种子着床。但是,具体到个人,同一形式还是显现出不同的内容。《百年孤独》的"乱伦"暗示着单一血缘的遗传使生命枯萎,这里呢,副手描绘他的发现:"在一个令人窒息的夜晚,他从墓中起来,去完成他一生都梦想的事情",似乎从时间的隧道里释放出原始的情欲,经历大洪水,种族灭绝之后,人类重新启动生育繁殖。起源学意味的行为,不一定影射文本外的什么,只是内部的自圆其说。就这样,副手为异端事件提供又一个假设,将正在迈向客观世界的真相又引回异度空间,并且,增添一项渎神的罪状:乱伦。连斯特斯都不能容忍了,他感觉到人们已经丧失理智,这才是异端真正的威胁,威胁现有秩序,一个公务人员赖以立足的所在。就像《悲惨世界》里的沙威,"法律的奴隶",放走冉阿让,违反信守的原则,只有死路一条。让斯特斯担任叙述者,事件的尖锐性便向我们正面开放,因此,斯特斯不能如沙威中途撤离,他必须坚持到底。

我想,斯特斯越过沙威,接近初级阶段的克洛德·弗罗洛,以及浮士德,他开始面对世界的不确定性。克洛德·弗罗洛们是自觉地向宇宙自然探索,斯特斯在智慧和求知欲上都略逊一筹。倘若不是发生谁带回杜伦迪娜的疑案,又身负公务员要职,需要向公国和教会交代,他本不必遭受如此痛苦的分裂。他不仅要寻找或者说"创造"带回杜伦迪娜的人,还不停地计算十三天的路程如何在昼夜之间完成。时间是客观的存在,伸缩的地带只在主观,要么是杜伦迪娜因思乡病神志迷乱,或者就是她在撒谎。斯特斯似乎也受到蛊惑,巫术已经在发散它的魔力——他发现,或者他的妻子发现,他爱杜伦迪娜,杜伦迪娜出嫁时他郁郁寡欢,杜伦迪娜回来时他心中充满温柔,听到副手猜测杜伦迪娜和兄弟乱伦则勃然大怒,就像克洛德·弗罗洛对艾丝米拉达,浮士德对格蕾辛,她们——总是她们,美丽的女性,诱发正人君子的邪念,妨碍他们得道。斯特斯也是从她——杜伦迪娜开始,变得动摇,成了个骑墙派。

通缉带回杜伦迪娜的人终于有结果,一个推销圣像的行贩,各项条件都符合"创造一个"的要求。斯特斯并无成就之感,甚至感到失望,他宁愿让真相在两可之间,现实世界和灵异世界的通道处于模糊地带,不要作抉择,不要非此即彼。因此,在审讯中,他出尔反尔,先是胁迫嫌疑人承认事实;一旦承认,并且编织了完美的过程,时间的断口都对齐了,却下令动刑,惩罚他欺诈,试图蒙混过关;同时呢,且向上级部门做结案报告,开启审判程序。等待审判的日子里,斯特斯格外忧郁,他真的越来越像克洛德·弗罗洛,如《悲惨世界》的描写——"一个刻苦、庄重、阴郁的教士"。斯特斯差不多也是如此:"他的脸色变得更加苍白了",对哭丧女的歌唱,却持宽容态度,仿佛魔鬼撒旦正在上身,换一种说法,正在从一个公务员向哲人嬗变。浮士德在书斋里抵抗梅菲斯特引他入歧途;克洛德·弗罗洛挣扎在圣母院的穹顶底下;斯特斯则是在街上的新旅店。

新旅店是康斯坦丁生前与朋友们聚会的地方。这些年轻的小伙子被人们戏称"康斯坦丁的弟子",他们在一处讨论各种严肃的话题,很像一个地下思想小组。这样的组织活动,我们曾经在上世纪70年代阿尔巴尼亚电影中目睹,其中最著名的有一部《宁死不屈》,女孩子看到她爱慕的人弹奏吉他,惊讶又讥诮地说:革命者还弹吉他!成为当时的流行语,升华了革命的美学。斯特斯成了新旅店的常客,令所有人包括他自己都莫名其妙,"弟子们"的态度经历了拒斥、冷淡、默认的过程,最终,接纳了这个官家人。他们的头,即导师康斯坦丁热衷的话题是"承诺",如今,讨论继续。斯特斯第一次听见"承诺"两个字,出自守墓人口中,康斯坦丁的母亲站在儿子墓前,谴责他违背诺言,没有将妹妹杜伦迪娜带回娘家;然后哭丧女的挽歌在反复咏叹,即便出售圣像的行贩已经招认他是带杜伦迪娜回家的人,哭丧歌依然在唱:"你把你的诺言怎么了,你把你的诺言埋在你身边了吗?"显而易见地,"承诺"已经成为公众舆论;在新旅店的青年小组论坛中,"承诺",被抽离具体的原委,成为知识分子精英话题。也因此,这一群人,被当局视作反体制分子。

新旅店的思想者们,认为现行体制是"一堆强制性的规则",应取代以一种更合理有效、非物质的、"来自人内部的法律",这一"法律运作的轴心",就是"承诺"。许多犯罪都是从不遵守承诺发生,康斯坦丁发下誓言,不管发生了什么,他也一定会践行诺言。事情远兜近绕,又落到谁带回杜伦迪娜的疑案,此时,斯特斯提出一个问题,他说,如康斯坦丁持无神论思想,不相信基督复活,而是将救赎寄予每个人的自律,又怎么解释他自己的复活呢?姜还是老的辣,这话说到要害了。年轻人的反驳多少是偷换概念,他们说:你们和我们身处的纬度不同,"他,我们大家,在我们话语和思想当中,都看到了在一个新的维度里的另一个世界,一个由承诺统治的世界。在这个世界里,一切都会不一样"。话说到这里,灵异世界与现实世界似乎又开辟另一条通路,那就是从形到形而上,好比爱因斯坦相对论,理论可以解释,却无法实现,在此反过来,实际行不通,理论行得通。斯特斯还不放过,他一定要将事情纳入他的认识范围,即实证的轨迹,才同意接受,他追问道:"在这个世界是谎言的,在另一个世界可以是真理。"眼看就在抽象中弥合的边界又被他划分了,他已经到了临界点,只差一步,可就是这关键的一步,迈不出去了。幸好,还有机会,也许是最后的机会,就是宣判大会。究竟是谁带回杜伦迪娜,将揭开真相。

　　修道院的内庭临时搭建起公审会场的样式,大主教、亲王、高层官员坐在看台,底下是平民百姓,办案人斯特斯上尉受委派报告案情。中世纪的欧洲,有许多审判巫术的法庭,然而,由国家公务员出任调查,其中就有一种谐谑,又正对应了新旅店年轻人答非所问的说法,两个维度,现在,要由一个维度解释另一个维度了。对于斯特斯，则是抉择的时刻。这真是个倒霉的人，倘不是发生这一件奇迹，他本可以安然度过一生，现在，却要拷问世界观。经过冗长的陈述细节，终于做出结论，就是，康斯坦丁带回了杜伦迪娜，承诺的说法来了，"新的伦理法则"也来了，看起来，他接受了新旅店的启蒙，决定以信仰来诠释异相。灵异事件最终并没有回到灵异世界，而是穿越现实存在，抵达思想——人们说："主啊，我们的思想还有什么地方去不了啊！"概念还是被替换了，从这一维度过渡到那一维度，一则民间传说蜕变成小说。

2017 年 7 月 21 日　上海

注：《谁带回了杜伦迪娜》，[阿尔巴尼亚] 伊斯梅尔·卡达莱著，邹琰译，花城出版社 2012 年 1 月出版。

人生烦恼识字始

我去过美国俄克拉何马大学,位于州府以南的诺曼小城,住家庭旅社,每间客房有一个诗意的名字,比如我的那间,就叫作"晨曲"(Morning Song)。前台的女人,显然是老板娘,老板呢,大约是负责早餐的先生,另有一个或两个雇工打扫收拾和登记入住,稍事露面就不见了,可见是兼职,包括管理厨事的老板。所以,每日里大半时间,只老板娘一个驻守。这是一座二层的木结构小楼,外形接近影视基地西部片的布景,周围环境也和影视基地差不多,荒漠和孤立。外出走一遭,遇不见人,有数的几间店铺半是废弃,半是关闭,汽车无声无息驶过,循信号灯或行或止,瞬时转换的红绿灯,透露出生活在依序进行。居住这里免不了是寂寞的,老板娘逮到人就要说话,有几回撞上,就抓紧询问婚否,兄弟姐妹几人,父母健不健在,写小说还是写诗——这里的客人多从大学介绍,除此还会有什么外乡人? 好比亲戚投宿,底细都是清楚的。来回没几句搭讪,便交臂而过,留下她一个人。一日早晨,内厅摆开四方桌子,一边一位夫人,手里握着纸牌。她们都有些岁数了,衣着美丽,妆容精致,灰白的头发很有型,很隆重的样子。因为门前没有新停的车,我更倾向是近邻之间定期的聚会。在这无边的空旷里,其实还是有着人和人的交互往来。

美国腹地的日常状态大抵就是这样,静谧,安宁,富足,却是沉闷。就是俄克拉何马,上世纪 90 年代,州府行政大楼发生惊天惨案,一辆载满烈性炸药的卡车驶进大楼引爆,早上刚过九点,上班的时间,小孩子也随父母进到公务人员的托儿所,就这么,一锅端。如今,重建的大楼前,专辟出一池清水,池畔矗立一片大小椅子的模型,大的是大人,小的是孩子。水平如镜,映着蓝天,划过树枝的疏影,谁想得到曾经生灵涂炭,血流成河? 于是,这股宁静就变得可怕了。

斯蒂芬·金的故事发生地点遍布美国,中部有内布拉斯加州、科罗拉多州,应是与俄克拉何马差不多的地貌、出产以及人口疏密度;还有沿东岸自北向南的线路:缅因州、新罕布什尔、佐治亚,以全局论,属欧洲移民最早开发地区,可是新大陆的腹地如此辽阔,即便从甚嚣尘上的纽约市出发,开车二三十分钟,便望得见地平线球面形的弧线,地上物零星散开,可忽略不计。这土地还有着蛮荒劲,人类的涉及相当有限,密西西比河岸植被肥腴丰饶,仿佛亚马孙河,马克·吐温的汽轮船,就从两岸间突突穿行。美国的故事都脱不了原始性,斯蒂芬·金的灵异也像来自土著人的部落,借着相对论,跨越时间的维度,进到现代世界。

约翰·威廉斯,1922年生,1994年卒。他的小说《斯通纳》中主人公威廉·斯通纳出生并成长的密苏里州,就在俄克拉何马左下角,有小小一段接壤;左上方的一角,隔密西西比河最长支流密苏里河,与内布拉斯加州相望,斯蒂芬·金的《1922》,丈夫为图谋老婆的一百亩良田,在这里犯下了杀人案,再往西去的科罗拉多,则是《危情十日》的案发地;回到密苏里州,马克·吐温应是斯通纳的乡人,他就在圣·路易斯附近,1891年,斯通纳出生的时候,马克·吐温已经离开老家,盛名传天下,在他去世的1910年,斯通纳方才踏入密苏里大学,就读农科,改换文学专业还是以后的事情。作者始终没有为这两位举行同乡会,通篇来看,也没有任何迹象,表示出这名文科生对同时代文豪的印象。很自然,学府中人,研习的又是古典文学,和社会实践中跌打滚爬的小说家,也许终身不得交集。作为一个虚拟人物的传记,我们既不能将此当作事实看待,也不能忽视,而应当纳入写作者的设计的一部分,是从小说指定的目标出发,来决定取舍材料。

现在谈这个为时过早,话说回去,斯通纳生在密苏里中部的庄户人家,套用我们的俗话,就是土里掘吃的。美国农村不像中国缺乏土地,相对于大片的耕田,反显得劳力严重不足。斯通纳家又人口单薄,只一对父母和他这一个孩子。小说描写,超负荷的苦作透支了寿数,父母过早地衰老;儿子呢,十七岁的年龄,已经驼背,这变形的身体将伴随他一生,在生命另一脉机能旺盛发育的同时,变得越来越累赘,呈现出分裂的状态。一家三口在厨房的油灯底下,度过黄昏时刻,结束一日劳役,再积蓄体力迎接下一日。这幅图画令人想起凡·高的《吃土豆的人》,暗黑的背景中浮现的人脸。法国画家米勒的画面里,阳光底下,庄稼人饱满结实的身躯,洋溢着劳动和收获的满足,多少寄托了一些艺术者的田园梦。当知识走到尽头,无路可循的时候,往往折返过来,回到简单质朴的生产活动。俄国托尔斯泰的《安娜·卡列尼娜》里的列文是一个著名的榜样。将劳作美学化的代价是,忽视了肉体被压榨的处境,那本来是应当有更大贡献的,知识人群也因此担负起启蒙的使命。鲁迅笔下的阿Q、华老栓,成年的闰土——"脸上虽然刻着许多皱纹,却全然不动,仿佛石像一般。他大约只是觉得苦却又形容不出"。可是,至少,闰土还有一个活泼的童年,而斯通纳,仿佛生来就是"石像"。中国农业文明积累了几千年历史,由盛至衰,投射在闰土的遭际,就是"多子、饥荒、苛税、兵、匪、官、绅",情形更为复杂。威廉·斯通纳则是单纯的,或者说是原始的,直接被土地奴役。新大陆横空出世,人类文明已进化到后天阶段,空间在某种程度上,可以与时间互换,迅速越过的社会发展史在广袤的土地上又扩大了周期。斯通纳家的农庄里,生活仿佛停滞了,只是日复一日,年复一年,不知不觉中,一代人过去,接续下一代人。然而,这样的周而复始被打开一个缺口,于是,事情进入另一条轨道。

就是方才说的 1910 年春天,算起来威廉·斯通纳十九岁。县里来了一个办事员,动员年轻人去州里新设的农学院读书。推测起来,办事员多半来自农业帮扶计划的机构。父亲转达来人的话:"有很多干活的办法,会在大学教给你。"父亲又说:"有时我在地里干活的时候也会琢磨。"显然光靠"琢磨"帮不了他,土地上的生计越来越沉重,现在科学敞开大门,这泥脚杆子不惜暂时损失一个强劳力,也许,会有那么一点起色!

乡下人进城几可成为叙事文学的一大主题,美国前代作家德莱塞的《嘉莉妹妹》《美国的悲剧》,写的就是这个主题,但不是求学,而是寻找机会。大约也是时代的差异,美国第一所公立大学北卡罗来纳教堂山分校始建于 1789 年,生于 1871 年的德莱塞,未受到系统的高等教育,在这一个草创的社会里,并不妨碍他在报界求职,吃文字饭,最终成为作家。他笔下的男女却很少有这样的幸运,城市往往以危险的面目出现在前方,堕落,即便不是终局,也是成功的代价。美国移民的同宗,英格兰作家狄更斯的《远大前程》主人公皮普,进城的日期与嘉莉妹妹差不多,他接受一个匿名金主的馈赠,到伦敦接受"上等人的教育",等着他的是囚犯、黑帮、海外逃亡——大英帝国大片的海外殖民地不能闲置着,怎么也要有一番野游,远兜近绕,回到家乡,找到昔日爱人,正如民间童话的格式——从此,两人过着幸福的生活!是批判现实主义的浪漫史。相比较之下,斯通纳的离乡经历平淡无奇,农学院开张,县里办事员招募生源,于是,就去了。去的也不是芝加哥纽约伦敦巴黎级别的大城市,甚至不是密苏里州府杰斐逊,而是哥伦比亚小镇子。不过,和所有乡巴佬出远门一样,斯通纳也穿了新衣服,一套黑色绒面呢正装,用母亲攒下的鸡蛋钱置办的。这隆重开端里是否潜在某种预兆?此时此刻尚不见迹象,情节的进行几乎和自然时间同样速度。没有任何奇遇发生,莫说《远大前程》式的,哪怕德莱塞现实人生的戏剧。本来嘛,知识的生活就缺乏外部的色彩,可供描写的只有具体的处境,在斯通纳,就是食与宿。

他投奔学校附近的亲戚家的农场,以干活抵吃住。农场的日子大致相仿,不外乎耕作和饲养,甚至比家里更窘迫,因寄人篱下,样样都是局促的。不同的是,学业占去一部分时间,还有,往日里家人枯守的黄昏,《吃土豆的人》的一幕,换作一个人和书本相处,有点中国人"寒窗"的意思。夜以继日的循环,又有了缺口,变化的周期仿佛缩短了。第二学年的第一学期,学士学位已可在望,还需两门基础课的学分,一门是本专业的土壤化学,另一门则是通识课程——英国文学概论。事情就在这里起了转折。

我想,作者为什么没有让斯通纳成为作家,作家的道路要有趣生动得多。前面写到的斯通纳的乡党马克·吐温,德莱塞,英伦三岛上的狄更斯,包括约翰·威廉斯本人,他在二战中服役空军,开拔中国、印度、缅甸。他们一无二致地做过电台、报纸的记者,这份职业几乎是那个时代小说家共同的文学起点。媒体的特权是可超脱个人身份,潜入社会各个角落。它耳目灵通,手脚敏捷,阅历他人的经验,同时丰富自己的。学府的生活却是另一种,从世俗角度看,不免枯燥乏味和沉闷,尤其是,斯通纳被安排在经院式的古典领域,还不像现当代文学,至少是动态型的,这注定他一辈子都与故纸堆打交道,将为小说提供什么条件呢?从讲故事的民间活动发展而来的小说,文艺复兴启蒙运动赋予人本精神,经由现代知识分子思想提炼,趋向理性主义,然而,终究脱不了俚曲的生性,故事依然是它的本职。斯通纳被囚禁书斋,是为了完成什么样的使命呢?

创作者设计人物的职业身份,尤其传记体叙事,不会随机抽样,必是寄予了对世界的某种想象,带有隐喻的用意。就像罗曼·罗兰笔下的约翰·克利斯朵夫,是一位音乐家,除去原型和素材所作用,更主要还是作者的自主选择。他为什么要选音乐,而不是其他艺术门类——当然,这又涉及了个人的因素,罗曼·罗兰对音乐情有独钟,个人因素不也是选择的条件之一? 换一个说法,他在音乐里发现了什么,可满足内心的期望。经过傅雷先生的语言文字转换,很可能我们读到的是克利斯朵夫的化形,因为法国人往往不理解中国人对罗曼·罗兰的喜爱,那么,就当是傅雷先生的克利斯朵夫吧!在这部漫长的小说的末尾,主人公弥留之际,虚实交集,思绪涌动,有这么一段描写:"自然界无穷的宝藏都在我们手指中间漏过,人类的智慧想在一个网的眼子里掬取流水。我们的音乐只是幻象。我们的音阶是凭空虚构的东西,跟任何活的声音没有关联。这是人的智慧在许多实在的声音中勉强找出来的折中办法,拿韵律去应用在'无穷'上面。"罗曼·罗兰,或者说傅雷先生,认识到艺术其实是有限向无限要求真相,音乐因有着和宇宙时间顺向的形态,所以最接近可能性,那就是"拿韵律去应用在'无穷'上面"。

斯通纳身上被寄予什么样的想象呢?

第二学年的第一学期,英国文学概论的通识课上,灵光一现,颇似东方哲学里的"顿悟",他都不能自知。面对老师的提问,只回答了半句:"意思是——"是什么?这是一个麻烦,麻烦在于思想的骤变还没有搞清楚是什么,莫说还要找到相应的词语。描写思想是巨大的挑战,意味着写作者和写作对象将展开一场竞技,必须占领上风,方才能够主宰局面。斯通纳终于没有说出"意思是"什么,老师放过他,宣布下课。"意思"成了悬念,揭秘被延宕了。这有些类型小说的叙事策略,从约翰·威廉斯履历看,写作的同时,还在学院里教授创意写作课程——在美国,创意写作遍布大学院校,新大陆的新人类,相信凡事都可后天努力,人工合成,他对这套路数应驾轻就熟,笔到心来。可是,我以为事情在斯通纳这里,要严肃得多。老师的提问,不是一句话,而是要用一生的教育来回答。心灵悸动仅止刹那间,很快过去,复又平息下来,回到日常状态。然而,质变在暗中积蓄能量,表面的征兆是第二学期,斯通纳中断农学士的课程,选修哲学古代史的导论课,外加两门英国文学,一个不切实际的知识系统正吸引着这个庄稼汉。他依然没有自知,但有两个新发现。一是他偶然从镜子里看见了自己,奇怪自己怎么长成这幅不堪的模样;二是他"平生第一次开始有了孤独感"。再有一件事情,从时间顺序上看,是排在这两个发现之前,但是,从全局着眼,仿佛贯穿头尾,那就是语言。他的老师,斯隆教授说"英语你已经讲了好多年",他此时注意到英语的构词、构音、外延和内涵。我想,这就是斯通纳被围于英文基础学科里的原因,和启蒙有关。

远在东方中国的乡下人闰土、阿Q、祥林嫂们,差不多也是在同样时间进入启蒙的话题,以被怜悯与被批判的方式,用鲁迅的话说,就是"怒其不争,哀其不幸"。中国现代知识分子,将"启蒙"赋予去旧迎新的历史任务,个人的觉悟是纳入大众思想革命,共同推动进步。在斯通纳,只为自己负责,孤立地完成从暗到明。北美洲辽阔的处女地上,分散着多少懵懂的人,和脚下的土地一样,沉默地等待再一次被发现,神说"要有光",就有了光。历史在很远的地方兀自流淌，不定什么时候，倏忽睁开眼睛：原来早已经介入其中。

　　就这样，斯通纳的开蒙更像是出于偶然，偶然的邂逅和际遇，倘不是县里的办事员让他就读农学院；倘不是通识课英国文学；倘不是阿切尔·斯隆教授发现他的潜质——斯隆教授从文学本身出发，就事论事，因此，他重在古典，溯流而上。鲁迅是旧学中人，甲骨、碑帖、经史、辞赋，称得上童子功，中年以后却写上了不入流的小说。斯隆教授不写小说，斯通纳也一生与小说无缘，当然，他们研究"诗"。我以为他们的"诗"不是一般读物的概念，而是在"经学"意义上，比如莎士比亚戏剧中的商籁体即十四行诗歌，比如《坎特伯雷故事》中的"诗法"，比如拉丁传统、语法、修辞格、词源等。他们是象牙塔里的人，中国的启蒙者则大多是民粹派。斯隆教授建议斯通纳从农科转文学，这倒和鲁迅弃医学文不谋而合，鲁迅是为民族救赎，斯隆呢？他发现了斯通纳的什么潜质，正合乎他的文学理想，"你想当个老师"，他替学生判断说，然后说出理由："是因为爱"。

　　这答案未免太简单，"爱"是过于宽泛的概念，用来解释当个老师也许还过得去，但为什么非是文学老师，就需要更多的条件了。不着急，小说还在开头中，接下去有的是篇幅铺陈情节。问题在于，事情又来到那个节骨点，为什么是文学，并且严格限制在学府，而不是像小说，可以去到广阔的社会领域。相反，斯隆教授刻意回避着现实生活。

斯通纳的一生经历两次世界大战,主场在欧洲,美国作为同盟国参战。第一次在1915年,斯通纳取得文学硕士学位的那一年,兼职教学,攻读博士。他有了少数几个勉强可称作朋友的同事,于是,孤独感缓解了,也意味着他初步建立人际关系。宣战之后,一股民族主义热潮迅速席卷学校,年轻人,包括他的新结交的朋友,都报名参军。斯通纳似乎从土地继承来一种迟钝的秉性,对外界的刺激反应总是滞后,却也得以从容。他向斯隆教授征询意见,我想,斯隆教授对战事的冷淡肯定是一种影响,更具决定性的,这种态度呼应了他的心意。斯隆教授说了一句:"记住你正在从事的东西的重要意义",这句话算什么,可斯通纳就听进去了呢!也许,他征询斯隆教授就为得到这句话,如此,有理由置身国家利益之外。"珍珠港事件"发生的1941年,斯通纳早过了服役的年龄,斯隆也已经去世,他经历了爱情、婚姻、婚外情、学校政治斗争,正应付着女儿青春期的叛逆。不同于一战时候,人生还是一张白纸,其时则画满横七竖八的笔触,他甚至期望战争能够颠覆日常秩序,消弭一切。这软弱和粗暴的妄想稍纵即逝,现实是,教员和学生越来越少了,校园空寂下来,阵亡的名字代替了某一张具体的面容,其中包括他的女婿,少年荒唐迫入婚姻,逃跑般逃去当兵……这就是1915年斯隆教授眼睛里的景象,此时,变成斯通纳自己的。斯通纳没有说,但读者记得,第一次世界大战停战协定签署的那天,欢乐的庆贺的游行队伍经过斯隆教授的办公室,半开的门里,教授在哭泣。想一想,战争,和"你正在从事的东西的重要意义"之间,横隔着的选择,如同哈姆雷特王子"生存还是死亡"的处境。再想一想,斯隆教授所以看出斯通纳是可教之人,因为"爱",这个空泛甚至煽情的概念似乎呈现出来一些内容。

有一节枝蔓,也许应该提一下,那就是战争结束的那年,斯通纳发现女儿格蕾斯染上了酗酒。她的脸相改变,"眼睛有了黑影,脸绷得紧紧的,很苍白","烦躁不安,心神不宁",仿佛为战后"垮掉的一代"肖像。很多事情的因果实际上是断裂和错接的,这里下种,那里生根,第三个地方发芽,我们当然不能简单地将格蕾斯的状况归纳于战争的后期效应里,小说家没有义务为历史做总结。格蕾斯在斯通纳的文本中,也许只为了证明,他一生"正在从事的东西"的虚无和脆弱。作者将他的人物安置在学府里实在有些绝情,同样文学中人,作家,尤其小说家,他们可能与时代同行,随时反应和介入,学府里做的却是死学问,不是说"理论是灰色的,生命之树常青"!就像古老经院,僧侣们在石砌的拱门底下,抄写羊皮手稿,连人带书都不见天日。在这封闭的空间里,人与人之间的关系也呈现出向内的形态,好就是同党,不好则是异己。这就说到霍利斯·劳曼克思,斯隆教授系主任位置的接任人选。

劳曼克思和斯隆教授属一类人,连相貌都有相似之处。同样瘦长的脸形,一个是纹路深刻,一个是青筋突暴,就像中国篆刻中的阴文和阳文。不匀称的身体,劳曼克思更为夸张,斜肩,一条腿僵硬,走路抽搐。两人都有共同的嘲讽的表情,课堂上表现怪异,不合常情,但效果却截然相反。斯隆拒学生于千里之外;劳曼克思呢,很受欢迎,他的荒诞不经里,多少有那么一点笼络。就在这小小的差异里,事情往不同的方向走去。

劳曼克思一直吸引斯通纳,开始,他从中辨认出战争中牺牲的好朋友戴夫·马斯特思的影子。戴夫·马斯特思的超凡脱俗,在劳曼克思眼中变形为"狂妄,不拘一格,开心的尖酸劲"。曾经,他俩,加上戈登·费奇,三人党一起聊天,马斯特思对学府做出描绘:"大学就像一个庇护所,或者——他们现在怎么称呼来着?——是给那些体弱、年迈、不满以及失去竞争力的人提供的休养所。"就是这个休养所里,同命者之间,也在进行力量比对,由此分出阶层。戈登·费奇置身中间地带,左兼右顾,罩了斯通纳一生的职业生涯,却不能替代马斯特思思想伴侣的位置。斯通纳终于得机会接近劳曼克思,在乔迁之喜的晚宴结束之时,客人走得差不多,酒也喝得差不多,劳曼克思不期然间敞开心扉。我以为,劳曼克思早在一开始,就意识到斯通纳是"自己人"。这一刻,"两人在聚会留下的垃圾中挨得很近地坐着",斯通纳听劳曼克思讲述他"顿悟"的经历,正是他在斯隆教授课上体验过的。他们本来可以成为知己,可惜那灵犀一闪而过,这一次亲近没有拉近,反使他们疏远,甚至劳曼克思还生出一种敌意,类似不慎中泄露隐私,暴露了命门。于是,适得其反,结下一辈子的冤家。也许,原因更简单,就是错了时机,"青年时代的青涩还没有从他身上消褪,但是可能缔结这份友谊的渴望和直率已经不在"。

按马斯特思关于大学是失败者庇护所的说法,斯通纳大约是其中典型的成员。不需要太多,只一桩就足以决定命运,在他,就是婚姻。

他对伊迪丝一见钟情。伊迪丝纤细、苍白、脆弱的美,不是庄稼汉欣赏得来的,可此时的斯通纳正向知识人蜕变,但还未及完成,变成斯隆教授那样,对世事能从表面深入,判断本质。就像当年,斯通纳自己都不知道自己是什么人,斯隆教授却知道。伊迪丝和斯通纳过去的生活多么不调和,看看她与公婆见面双方的窘态,像是两个物种。这一幕常见于城乡联姻,比如法国福楼拜的《包法利夫人》,那老父亲远远望着女儿的院子过门不入。阶级差异最能构成爱情悲剧,但斯通纳的故事并不是从这里出发,它别有原委。

如果这部小说不是写于 1965 年,而是更早,我简直就要以为张爱玲读过,然后才有 1943 年的《沉香屑·第二炉香》。小说中的愫细多么像伊迪丝,当斯通纳第一次造访圣·路易斯,未来的岳父母家,"伊迪丝消失不见了"。好比《第二炉香》里,结婚当日,新郎罗杰兴冲冲跑去新娘家,新娘躲在闺房,据她母亲说,"规矩"如此。倒是愫细的姐姐蘼丽笙出现了——蘼丽笙就像另一个伊迪丝,被情欲控制的伊迪丝,让罗杰无比尴尬。即将成为大姨子的人,对着妹夫,谈她和丈夫的床笫之事。夜里,伊迪丝虽然没有从花烛洞房逃跑出来,斯通纳不是强蛮的人,他们分而卧之。等夫妻之道终于完成,伊迪丝的惶恐和嫌恶直接从生理反映出来,僵硬的身体和干呕,总算没有让斯通纳太丢脸,可也是扫兴的。斯通纳和罗杰,这两位都在大学里供职,规规矩矩的读书人,为什么总是他们遇到这样的女人,或者说这一类女性仿佛专门用来折磨书蠹! 那一个禁欲的伊迪丝退去,另一个色情狂的伊迪丝来了,"就像饥饿感,如此强烈,好像与她的自我没关系"。除了性事,情欲还以变形的方式周期循环:装修房子的苦役,生孩子,弃下孩子复又争夺,改变形象,戏剧活动,家庭派对……所有古怪行径目的又只是一个,剥削斯通纳。尽管没有如张爱玲的罗杰身败名裂,却也谈不上有什么幸福。

大约就是英国清教徒传统下的妇德,经过历史变革和地理迁徙,在压抑和释放之间的失调症。伊迪丝一家来自新英格兰,新英格兰是英国在北美殖民最早的地区之一,香港也是英国殖民地。我猜想,远离本土的后裔们,大约已趋向类型化,多少脸谱化了,但是具体到斯通纳的生活,这一普遍性人格则演绎出特殊的命运。

自我的苏醒仿佛以损失幸福感为代价,他不可能如他父母那样,木然地顺从造化的安排,斯通纳也是顺从,不顺从又能如何?追根溯源,斯通纳家大约也是英格兰族裔,垦荒大军中的一员。圣·路易斯不是有一座拱形纪念碑,标志着从东部向西部的大门。他们跨入大门安寨扎营,定居在密苏里望不到边的土地上。其时,并不会想到,这土地将变成沉重的负担,榨干血汗,最后埋葬他们。威廉·斯通纳的体内,潜伏着远祖的基因,暗中支配他的言行。和年轻教师凯瑟琳的私情于他已是天下之大不韪,再要进一步突破,想也不用想! 这一段两性关系,作为失败婚姻的平衡来补偿他,是感官享受给理性经验的一个贡献。人生总是苦乐相济,否则,灵魂就要枯竭,本来知识是要使它丰沛的。

　　如马斯特思箴言,"大学就像一个庇护所",他又对斯通纳说:"你在这个世界没有安身之地。"换作今天最常用的话,大概就是:天下没有净土。事实如此,知识的生活寄寓现实之中,也因此,知识人过着两种生活,一种现实的,一种精神的。这样,我们也许可以解释斯隆教授超然无我的表情,还有他对战争的态度,他完全拒绝现实的生活。而在劳曼克思,这两者却呈分裂的状态。前后两任系主任的差异,我以为不能简单归因于性格或者操守,更可能是,学校教育体制日益成熟的趋向。晚于约翰·威廉斯三十三年,1935 年出生的英国作家戴维·洛奇,小说中的学府和学人已处处呈现败迹。此项题材的写作，到如今几乎成为一个文类。另一种生活，其实也是学府得以成立的基础，却忽略成隐形的存在。现实的力量是很强的，再次证明那句话：理论是灰色的，生命之树常青。

斯隆教授去世了，只有斯通纳在哭泣。斯隆教授其实早已经将自己放逐出这个现存的世界，人们都快忘记他了，以至在办公室死了两天之后，才被倒垃圾的管理员发现。现在，留下斯通纳自己，颇有些遗世独立的意思。中国俗话说：师傅领进门，修行靠个人，指的就是这样的处境。然后，劳曼克思登场，他们彼此成为克星，就像费奇说的，"两个老混账"。平静下来，斯通纳也觉得他们像是玩一场游戏——"而且，说来有些奇怪，还挺享受——似乎显得无聊和下作了。"这场游戏，很像拳击台上的比赛，劳曼克思是进攻的那位，斯通纳呢，是防守。胜数相当，败得也差不多，打了个平手，同时也成为一盘僵局，只有交给自然仲裁。斯通纳罹患癌症，而且晚期，按死者为大的原则，就占上风。作为最后的回应，劳曼克思替斯通纳举办退休晚宴。结束时分，两个"老混账"擦肩而过，没有搭腔。这个无言的告别，就像比赛决出胜负后双方握手，既是对结果的承认，也是互不屈服。两个好人，因为一点点差异，本来可以成为挚友，可是错过了。这一点点差异，就像螺旋线的移位，从一开头就决定他们是两股道上跑的车，还意味着学府这"庇护所"里的人际关系，向社会普遍性合流。现实有着强大的吸纳力,它可将所有异质的因素同化。

然而,斯通纳来自广漠土地,近乎原始人的生命,一旦被启蒙,那苏醒的精神亦保持着野蛮的原动力。迫使人进入现实生活的同时,知识的生活并没有停息,强悍地进行着。遗憾的是,这生活太缺乏动感,提供给直观的形态极有限,即便是文字能够表达抽象的存在,可是对比于鲜明的外部世界,就变得平淡了。我们只看得见,斯通纳在一轮一轮不合理的排课中备课上课;在一轮一轮被压缩的时间里著书立说;在一轮一轮的劝其退休中坚持不退,最激烈的一幕也是绝地反击,在初级语文课上,教学研究生课程。仅止于此,再无其他。小说的世俗性到底暴露它的局限,适时阻止向深刻处进取,从另一方面说,写作者的乐趣也在于此,一次一次试手,再碰壁而归。很可能,和凯瑟琳的一段是被纳入了这内部世界里,用来和外部世界叫板。但爱情,尤其是叛逆的爱情,实在使用太多,难免流俗,撇开成见,即便情节本身,也难以担纲思想的戏剧。很多年后,斯通纳在书单上看到凯瑟琳的著作,买回来,打开书页,看见题词:"献给威·斯"。"威·斯"就是他,威廉·斯通纳的字头。他们最终在知识生活里邂逅,这个大众读物型的爱情故事,于是有了些质朴的悲剧感,好比民间传说中水王子和火公主,不能相拥,相拥就是毁灭。

斯通纳到了生命的最后时刻。死亡总是独自经历,就像斯隆教授,还有他的父亲,一个人倒在他一辈子耕种的土地上。不同的是,斯通纳预先为死亡做好准备。作者以癌症晚期判决死刑,是为给出时间从容以对吧!他向劳曼克思告别,再向妻子伊迪丝告别,两个他生命中的孽障,剩下的,就是和自己告别了。他已经是一个清醒自己存在的人,经历的一切都敏锐地体验过了,仿佛一个人对另一个人。他打开自己的书——知识的落实就是这么简单,一本书。几近一生的时间和故纸堆打交道,他深明这本书的价值不足为道;但是,他知道,自己的一小部分,他无法否认在其中,而且将永远在其中。此时此刻,回到小说篇首第一段,预告这位名不见经传的老师去世,几位同事向学校图书馆捐赠一部中世纪的文献,题记写道:"敬赠密苏里大学图书馆,以缅怀英文系的威廉·斯通纳。"具体地说,这本文献和斯通纳一毛钱关系也没有,以总量计,却同在知识长河,流向人类文明海洋。

2018 年 10 月 31 日 上海

注:《斯通纳》,[美]约翰·威廉斯著,杨向荣译,世纪文景/上海人民出版社,2016 年 1 月出版。

活着的讲故事人

　　2013 年夏,去温彻斯特,小城标志性景点当是大教堂。从旅游手册看,始建于 648 年盎格鲁·撒克逊王朝时代,1079 年至 1404 年三百多年间,拓展与扩修,成为英国纵向最深的教堂,即是今日我们所目睹。可见出岁月安稳,世事静好。另方面呢,鲜有大的事件发生,著名的记载大约就是女作家简·奥斯丁,在此教区终年,教堂长廊北侧有墓碑铭刻。正厅一隅,设有女作家的生平展览,四十二岁,惊鸿一瞥的生命,全化作文字,留在虚构里了,现实的人事相当有限,所以,展览是简单的。之外,还有电影《达·芬奇密码》,采景于此,也纳入大教堂的历史。讲坛两边的高座,印有各式图样的家徽,显然是望族的专座。底下,左翼一区,以栅栏隔离,妇女的座席。看起来,阶层应在中等,既不显要,亦非讲坛面对的平民教众。栅栏上镶有木牌,说明文字中特别有一行写到,席中有一位女作家,姓名 CHARLOTTE YONGE,"夏绿蒂",和

《简·爱》作者同名，后面的姓却少见，不知何处来历。介绍中国的女作家有长长一列名单，找不到这个名字，这是可以预见的，对于别国的了解多是从主流出发，而派生出的枝蔓无穷无尽，也许永远进入不了文学史。却也见得，英国女性写作者遍布四处，并且受世人瞩目。从这一位归属的座席推测，大约和简·奥斯丁，以及勃朗特姐妹同等出身，不像小市民女儿自谋生计，也不同上等人家进社交圈。她们住在僻静的乡村，菲薄的财产不足以提供嫁妆，婚姻的机会几近于无，可以想见的未来就是寄居长兄的家庭，他们是法定的继承人。英国小说里，常常有一个"姑妈"，多就是命运的写照吧！写作，大约好比女红一样，打发闺阁里的光阴，后者多少为贴补家用，前者就说不准了，但别有一番乐趣。遣词造句的机智，为身边人肖像的淘气，还有，自由想象人生——那是永远不可能实现的。她们受过一定的教育，再怎样清寒的宅子，也会有一个图书室。这是"乡下人"和"城里人"的区别，英国的"乡下人"几乎和庄园主是差不多的概念，是有渊源的，不像"城里人"，赤条条来去无牵挂。阿加莎·克里斯蒂的《尼罗河惨案》里的赛蒙，就是一个"乡下人"，家道中落之后来到伦敦，做一个白领，"他喜欢乡下，喜欢乡下的东西"，于是设计出一桩世界著名的谋杀案。乡下的老房子里，积存着一代接一代留下的旧家具，旧银器，祖先的画像，信札，书籍……春闺中的女儿最热衷的，兴许就是小说。就像绣活儿的花样，小说为想象提供摹本。

艾米丽·勃朗特的《呼啸山庄》里,伊莎贝拉跟希克厉私奔,仿佛从莎士比亚《驯悍记》截取,彼特鲁乔将新娘凯瑟丽娜带回家中的一幕;一百年之后,达芬妮·杜穆里埃的《牙买加客栈》,孤女投奔姨母,入住的夜晚,场景再现。阴森老宅,空中足音,藏匿往事,大约是浪漫小说的基本元素。18世纪的安·拉德克利夫夫人,被称作哥特小说代表,我仅读过她两部小说,《奥多芙的神秘》和《意大利人》,都有着行旅的模式。《意大利人》里,侯爵的独生子文森廷·维瓦迪携仆人波罗追寻爱人,令人想起西班牙的堂吉诃德与侍从桑丘出行,是来自更大版图的叙事传统,中世纪西欧的骑士文学。欧洲的历史,大约有些像中国春秋战国时代,无数诸侯小国,分久必合,合久必分,于是,文明交会贯通。在哥特式的建筑底下,出身贫寒却自尊的女教师最终克制豪门姻缘,应是简·奥斯丁的遗产——《傲慢与偏见》,男主与女主总是以对峙开头,唇枪舌剑,互不相让,然后,化干戈为玉帛。唯《呼啸山庄》例外,人物的性格命运超出社会现实,交给自然裁决。弗吉尼亚·伍尔夫将《简·爱》和《呼啸山庄》作比,以为姐姐只是普世男女关系,妹妹则是天地人的较量,这一诠释或许意味着,小说的世俗人格将分离出蹊径,通往现代主义。总之,无论出自何种原委,叙事活动在英格兰分外盛行,写和听都热情洋溢,女性且占相当比例,不只是数量,更在于气质。

在女作家长长的榜单中,有一位维多利亚·荷特,1906年生,

1993年卒，和1890年出世、1976年逝世的阿加莎·克里斯蒂堪称同时代。从写作量计，荷特并不逊于克里斯蒂，盛年时期的名望也有得一比，我却后知后觉，直到新近驻校香港中文大学，方才在图书馆架上看见台北皇冠上世纪80年代出品的文丛，每本书都溃决成散页，就知道有多少手翻过。第一本所读《千灯屋》，书名就有绮丽的色彩，照例是孤女，照例是大宅子，莫测的主人，诡异的迹象，真假难辨，扑朔迷离，但情节走出英伦本土，去到香港，那里才是梦牵魂绕的千灯屋。荷特的故事有一半在异国他乡继续，或者澳洲，或者亚洲，或者南太平洋，显现海外殖民地迅速扩张。作者生逢维多利亚女王登基年间，就是克里斯蒂的那位马普尔小姐嘴上时不时念叨的黄金时代。又有一位达芬妮·杜穆里埃，生卒年为1907年和1989年，与维多利亚·荷特同样，近乎贯穿20世纪首尾——何其灿烂！她的小说《吕贝卡》改编的电影《蝴蝶梦》，自上世纪40年代和思想解禁的80年代风靡中国。《吕贝卡》的大宅子曼陀丽庄园，最后一把火烧尽，堪称先兆，预示浪漫史摆脱窠臼，于女性写作者来说，则意味走出闺阁，获取更大的精神自由。然而，故事元素的改变和更新，并未解体这一种小说的模型，相反，结构更趋完整坚固。那是因为，这模型从发生到发展，就服从于叙述的时间的特性。E.M.福斯特1927年的讲稿集《小说面面观》，对小说的定义就是"故事"，一个英国小说家兼评论家，对本土小说具有发言权。福斯特，一位男作家，强调故事的迫切性,举例却是一位女性,《一千零一夜》的山鲁佐德,或可说明女性比较男性更对故事着迷。故事对生活的模拟度,让想象变得真实可信,而女性大多对日常具体的事物有兴趣。

曾经有一回,从曼彻斯特火车站出发,步入乡间,沿运河快走。沿途大片农田,种的大约是牧草,间隔有房屋和粮仓,都有年头了,门窗紧闭,马厩空悬着缰绳,地面石板缝里长着青苔。行至五公里处,来到一个极小的街镇,名 LYMM,规模大约与中国计划经济年代人民公社的所在地相当,形制则很完整。从圆心辐射一周店铺、餐馆、酒廊、邮局及教堂,流连忘返的多是本地人,享受着上帝指定休憩的星期日。阿加莎·克里斯蒂的马普尔小姐居住的"圣玛丽米德村"就是这样,那时候,房子里住着人,自发各种联谊活动,马普尔小姐的客厅里,召集了"星期二晚间俱乐部",宾客们轮流讲述一件奇闻逸事。有时候,"俱乐部"移到村落里最古老的戈辛顿宅,那可是一座"凶宅",发生过两起凶杀案……

朱虹先生所著《英国小说的黄金时代》,描绘"维多利亚时代是个读小说的时代",继而解释成因:"当时城市迅速发展,大众的文化水平普遍提高,印刷术革新,出版费降低,图书馆遍布城镇……总之,条件成熟,大众都要读小说。"维多利亚女王即位时期,在中国是光绪二年至民国二十七年,两地情形颇有些相似。范烟桥在《民国旧派小说史略》中写道:"这种小说在民国初年的一段时期,呈现了极其繁荣的景象。""这种小说",即指的是"旧派小说",新文化运动的知识分子称之"鸳鸯蝴蝶派"——《吕贝卡》电影的中国译名《蝴蝶梦》不定就来源于此。文章分析原因,其中"印刷事业、交通事业日渐发达,发行网不断扩大,出版商易于维持,书肆如雨后春笋",这背景与英国极为相似;还有,"社会舒缓对小说看法改变了,对小说作者的看法也有改变"却是中国国情,小说与士大夫清品相违,属市井小民喜好,社会开放了偏狭观念,"大众的文化水平普遍提高"。其实正是民主与平权的果实,可惜被启蒙的激进政治遮蔽,只能在新文学运动的声讨中自生自灭。范烟桥先生总结中最后一条犹有意味,即是"翻译小说的兴起"。中英《南京条约》签订,五口开埠通商,英租界划定,侨民入境,英国小说应运而进,尤其"旧派小说的集中地"上海。我觉得张爱玲是喜欢简·奥斯丁的,也听说宗璞先生的当年毕业论文做的是哈代。前者自称钟情鸳鸯蝴蝶派,且对"五四"持讥诮态度,事实上,鸳鸯蝴蝶并不能满足她的人生价值,还是要取西方科学进步的养料,在《谈读书》一文中,说到"三底门答尔"(SENTI-MENTAL)一词,可供管窥;后者为学院派小说家,属弗吉尼亚·伍尔夫一路,趋向现代主义。看起来,千条江河归大海,终是以严肃纯文学纳入主流。反观回溯,旧派小说悄声退场,也许,中断了另一路的叙事实验。阅读中的享乐主义,被严肃的思想使命取缔,我们至今未形成类型小说的范式,是否与此有关?

E.M.福斯特评论达夫妮·杜穆里埃,认为英国的小说家中没有一个人能够像她，"打破通俗小说和纯文学的界限"，这个褒奖意味着在他们的时代，即 20 世纪上中期，叙事活动已经明确分野，并将越行越远，直至隔断。"通俗小说"，英国人称 CHEAP NOVEL，直译应为低俗小说，逐出知识分子评价体系。我记得渡边淳一的《失乐园》当红之际，日本的作家都否认曾经读过，《廊桥遗梦》的中文译者隐匿真名实姓。与此同时，"纯文学"则离弃故事的原始要素，愉悦身心，就是那位古老的讲述人，山鲁佐德赖以维系生命的基本原则。

和所有的现代性差不多，音乐难以入耳，绘画不堪入目，小说呢，艰涩阻滞，都是向感官趋利避害的本能挑战。多少也是观念过剩，反过来加剧材料匮乏，捉襟见肘，艺术在向第二手，甚至第三、第四手生活榨取资源。事情走过周期，即开始下一轮，类似中国人所说，"柳暗花明又一村"，隐约中，英国故事又浮出水面。

"世纪文景"新近译介萨拉·沃特斯小说，维多利亚三部曲的《轻舔丝绒》《灵契》《指匠》，以及《守夜》《小小陌生人》《房客》，总共六本。其中《守夜》尚未见到，是没出版，还是出版了断货？也无从判定这些是不是作品的全部。关于这位萨拉·沃特斯，讯息有限，生于 1966 年，和 1976 年去世的阿加莎·克里斯蒂首尾衔接十年，卒于 1989 年的达夫妮·杜穆里埃交集二十三年，与维多利亚·荷特则有二十七年同时间。资料还显示她是威尔士人。

威尔士远离英伦中心伦敦,偏于西南一隅,山地崎岖,交通阻隔,一方面保持本土传统,另一方面,不免耳目闭塞。在我狭隘的经验里,似乎没有接触到著名的文学人物。手边有一本瞿世镜先生主编,1998年出版的《当代英国小说》,"威尔士作家"一节,列出名字寥寥可数,有两位女作家,凯特·罗伯茨和艾丽斯·埃利斯,当是萨拉·沃特斯的前辈乡党。除去出生时间地点,又有几项荣誉记录,有趣的是末一句:"文学评论界称其为'当今活着的英语作家中最会讲故事的作家'。"听起来,仿佛"会讲故事"的人都已经死亡,这是硕果仅存的一个。

萨拉·沃特斯的小说果然好看,如今很少有让人欲罢不能的阅读了。畅销如丹·布朗,故事从现实逻辑脱轨,超出共识和共情,更接近游戏,就像哈利·波特的魔法学校,远不能提供人生想象。小说在维多利亚时代的兴盛,以及在中国近代城市上海迅速流行,覆盖生活的空余,皆因为市民阶层壮大上升,小市民是小说读者的主流人群,决定了小说的市井性格。莎士比亚的戏剧多是将宫廷生活俗世化,《李尔王》可变身在任何时代的遗产分割继承案;《哈姆雷特》倘不是被哲学化和经史化,也是家庭伦理故事;《奥赛罗》更常见于人生常态,借张爱玲讲唐明皇杨贵妃的话,可上得"本埠新闻"。伦敦莎士比亚球形剧场,多半是模拟集市里的大篷车,和老北京天桥大约差不多。再往前推二百年,杰弗里·乔叟的《坎特伯雷故事》,朝圣途中,同修者一一聚合,依序社会阶层，"骑士"率先，接着"随从""跟班""修道院女院长"，之后"商人""学者""律师""小地主"，然后一伙"颇有资产的自由民"："服装商""木匠""织工""染坊主""织毯工"，再是凭技能吃饭的"厨师""水手""医生"，还有一个"帕瑟妇人"——妇人仪态端方，见识广大，情史丰富，织造手艺名传比利时、法国、西班牙，这一行很是文艺复兴啊！太阳西下的时刻，走进客栈，如何消磨漫漫长夜？轮流讲故事，不论贫富尊贵，一律以抽签决定先后。来自四面八方的朝圣的人，各有道听途说，和我们的《聊斋志异》不同，蒲松龄收集的是乡野传奇，乔叟则是坊间八卦，记叙磨坊主故事的时候，专门解释："如果他讲得很粗鄙，又下流，我也只有复述得很粗鄙很下流。"轮到乔叟自己，很道学地诵读一首长诗，却被旅店主人打断："你难道看不出来，我们所有人都因为这首诗看到难过吗？它是那么荒唐，又那么无聊！"要求直接讲故事。修道士的宫殿悲剧也被骑士打断："要我说，倒不如来点快乐的，比如什么人一夜发了迹，终生有儿有女很兴旺，或者什么国王本是一个大无赖，最后在神的感召下却成了人民的英雄。"于是，修女院教士讲了他的故事——《公鸡羌梯克力利和母鸡佩特外传》……所有渎神的犯上的轻浮玩笑讲述完了，教区主管来了一篇关于忏悔的说教，作为最后的故事，其实呢，是将人间的俗事列一张清单。乔叟的告辞语"请主宽恕我这种狂妄和不自量力"，为伤风败俗作告解，态度却是戏谑的，就像大篷车表演间隙中串场小丑的插科打诨。大概这就是故事的原始性,复制日常的人和事。

萨拉·沃特斯的小说就好看在这里,没有超自然的成分,遵循现实逻辑,但又不是普遍的现实,而是个别的,特殊的,期待中的,文学史上归于"浪漫史"那一派的现实。一些古老的因素,潜伏在21世纪新故事里,呼应着曾经以往的阅读经验,仿佛基因编码,在生命起始之初,已经决定形态。浪漫史可说是阅读的第一发生,带有感官欲念,就像旅店主人请求乔叟想出一个更好的故事"取悦"大家,也是E.M.福斯特所形容,山鲁佐德命悬一线的"这个职业的危险性",它必控制听众的身体,不是曾经盛行一时的"身体写作"的物质"身体",恰恰相反,是以非物质对物质。

隐藏在我们身体里的听故事的遗传,处在蛰伏状态,一旦遇到时机,便活跃起来。打开萨拉·沃特斯的小说,时不时地,好比故旧,又仿佛知友,迎面走来。不是说情节,而是语境,也就是类型。离群索居的大宅子在萨拉·沃特斯小说里浮出水面,前提是时间推远,《小小陌生人》中,故事从一战之后起因,二战展开结束;《指匠》没有点出具体年代,从开篇两个姑娘去圣·乔治大剧场看《雾都孤儿》推算,总是不出上世纪40年代,戏剧根据改编的狄更斯小说《奥立弗·退斯特》发表于1938年,宽限传播与上演的时间,就是二战前后,维多利亚黄金时代的遗绪,大宅子多是凋敝,人丁衰微,家道不振;《房客》大约也是同样时期,摄政时期建筑风格的豪宅,已经窘迫到招租房客,入住的是现代人物,出身市井的人寿保险评估人;《轻舔丝绒》,伦敦圣约翰伍德广场中心的白色别墅,宽敞的前门,高高的玻璃窗,大厅里铺着粉色和黑色的大理石,阶梯如贝壳里的螺纹盘旋上升,墙面的玫瑰红逐步加深——仿佛当代艺术馆,又像高等色情场所,从暴富程度看,大约在 20 世纪之初;《灵契》的时间最肯定,因是以日记的形式进行,从 1873 年 8 月 3 日开头,凭窗可见水晶宫的灯光,以此为线索,大约在伦敦东南部富人区西德纳姆,是沦落的旧族还是新贵,总之,家中雇用仆人,但不像石黑一雄《长日留痕》里的那么忠诚,随时跳槽,流动性挺大,无论如何,这家的小姐不必像《房客》中的那一个,亲手操持家务,而是得来空闲,介入慈善事业。这里的女性人物,也都是大龄未嫁,除去嫁妆和社交的原因,更可能是出于某种选择,那就是——异常的性爱倾向。

性爱倾向是萨拉·沃特斯故事中最鲜明突出的现代特征,它扩容了传统价值体系,同时也是推进情节的生产力。人类讲故事的活动持续如此长久的时间,按爱尔兰文学博物馆前言所说:爱尔兰有六百年讲故事的传统;以《一千零一夜》计,可推至公元 8 世纪;从中国东晋《搜神记》起算,亦有一千六百年;希腊神话则就是公元前,印刷术和传媒业加速吞吐,可说入不敷出。历史走进现代,观念激增,并无开源,反而过度挖掘,消耗倍加。因故事来自生活,生活在本质上是重复的,这一点倒接近类型小说。萨拉·沃特斯的同性爱关系，演绎至终局，还是古老的那句话，"从此过着幸福的生活"，可说是故事的基本模式，变化的是过程里的内容。

我们在萨拉·沃特斯《轻舔丝绒》里，看得见狄更斯的《远大前程》的轮廓线，也是离开质朴的乡镇，去到大城市，人海茫茫，处处陷阱，经过沉沦和挣扎，回归真爱。《房客》中的有情人处境更为严峻，阶级、伦理、道德、价值观念，信任危机，可说千丘万壑重重隔离，还有一具尸体横亘中间，《吕贝卡》的影子摇曳浮出水面，"幸福生活"就有了现实主义的戚容。《灵契》的收场却是斩截，没有"幸福生活"，而是永失我爱，属浪漫史里伤感剧一派。那美丽的小灵媒，让人想起王尔德《狱中书》的收信人小道格拉斯，轻浮、薄幸、诡计多端，当然，文字里的形象或许不合乎事实，我们就是当作某种类型来谈论的。这一个拆白党故事，是中国旧派小说的主流题材，比如海上说梦人的《歇浦潮》，《灵契》则别开生面。《灵契》的故事安排在1872年到1874年这三年，正是英国兴起超感研究的热潮，蛰伏民间的灵媒顿时暴露在光天化日之下，成为实验的标本，这是维多利亚时代科技进步学术自由的气象。研究活动最终止于实证领域，却收获在文学写作。美国作家亨利·詹姆斯1898年出版的《螺丝在拧紧》，2013年获诺贝尔文学奖的艾丽斯·门罗，其短篇小说《法力》，与《灵契》的结构相似，但角色的位置反过来，灵媒即痴情人，心甘情愿被送入精神病院，驯服接受命运,于是,模式就有了变体,向深刻人性探底,纳入严肃文学领域。《灵契》依旧在浪漫史的叙事传统中进行,哥特式古宅换成19世纪泰晤士河畔米尔班克监狱,占地庞大,高耸的塔楼,迷宫般的内庭——上世纪30年代,英国人建造于上海虹口的提篮桥监狱和远东最大宰牛场,两项叠加,大概可作想象的参照。依稀可见狄更斯的奥立弗·退斯特出生的贫民习艺所。这世界,大大超出了维多利亚女性写作者的活动半径,任职家庭教师或者女伴,几乎是她们走出家门的最远距离了。

《指匠》里的小偷家族,则是奥立弗·退斯特的社会学校,角色互换的故事核心,又可追溯到民间传说"王子和乞儿"的源头。莎士比亚的《第十二夜》大约也是从这源头派生的,龙凤胎中的妹妹薇奥拉,女扮男装去给男爵当童儿,仿佛又是《轻舔丝绒》中南茜的前身。出发之后,即分道扬镳,薇奥拉是男儿装束里的女儿身,南茜是女儿身里的男儿心——后现代的"酷儿"主题,提前到前现代遭遇,加剧禁忌的挑战,就像《断背山》的作者,要把故事放在上世纪60年代两个白人羊倌之间。

萨拉·沃特斯的故事总是发生在旧时代,要在中国,必要归进"怀旧",事实上,我以为作者的用心并不在此,而在"禁忌"。倘若紧张关系全部舒缓,后现代理论做的就是这个,解构差异,说不准,这就是故事衰微的根本原因!在萨拉·沃特斯选择的时间段,贵族的荣光余晖未尽,资产阶级已经日出东方,按马克思的说法,正孕育着掘墓人无产者——纵观小说发展史,"阶级"可谓情节生产的原动力。贵族和资产者,资产者和无产者,社会级差的系列中,资产阶级显然是冲突的核心,就像阿加莎·克里斯蒂的《尼罗河惨案》,没落贵族阿勒顿太太(电影删除了这个人物,多半出于明智,自知直观的银幕形象无法体现思想的深刻性)。阿勒顿太太提到弗格森先生,社会主义信奉者,俏皮地说了这么一句:"我感到弗格森先生一定是我们的反对资本主义的盟友。"处于上游的矛盾,似乎优雅一些,大约因为渊源长久,衰亡得从容,遗韵缭绕,合乎美学的原则,所谓"败有败象";而下游的更替多有革命的因素,压迫和被压迫,剥削和被剥削,短刃相接,刺刀见红,不是说"无产阶级失去的只有锁链",那还迟疑什么?但等历史走到下游的下游,阶级社会消弭,对立和解,人类唯有向超人类宣战,于是,哈利波特的魔法学校诞生了,星球大战诞生了,或者折返头,回到侏罗纪,人的故事到了尽头。萨拉·沃特斯只得退回去,退到一百年前,维多利亚时代,也许,那里还有未开发的资源。

前面说过,《小小陌生人》开端于"我"十岁的年头,百厦庄园正兴旺发达,三十年后,"我",一个合伙开业的诊所医生,再次走入百厦庄园,却是满目荒凉,处处败迹。这个出场,令人想到阿加莎·克里斯蒂的《罗杰·艾克罗伊德谋杀案》,叙述者也是"我",一位乡村医生。前者为百厦庄园的小女仆出诊,后者呢,问诊人是一位女管家。两位的病患都让医生起疑,小女仆最后供认,目的在离开庄园,她感到害怕,女管家则和医生讨论起毒药。女人们的超感都得到应验,庄园里接连发生诡异事件,死亡接踵来临,毒药则贯穿"罗杰·艾克罗伊德谋杀案"首尾。百厦庄园无疑有过辉煌的日子,即使颓圮,也应中国人的老话"百足之虫死而不僵",依然保持着昂然的气派,尤其对下房里长大的仆佣的孩子,所谓"家生子",几乎近于信仰。罗杰·艾克罗伊德的宅子没有那般名望,在村子里只算得上"像样",主人也不是真正的乡绅,而是车轮制造商,在保守的乡间,引起的心情就复杂了,艳羡和不屑夹杂,谋杀案的动机就鄙俗了。两部小说最易联想的还是叙述的主体——"我",共同的乡村医生的身份,用阿加莎·克里斯蒂这位的话说:"我这一生过的都是乏味守旧的生活,干的都是些平庸枯燥的琐事",萨拉·沃特斯的则是:"我连自己都养不活,更别提妻子和家庭了",总之,两个"我"对自己的人生都不满意,渴望改变。可是在老牌帝国垂直的阶级结构中,变数的概率相当有限,不得已,他们就得动手做点什么。《罗杰·艾克罗伊德谋杀案》,在大侦探波洛的揭露之下,写了一份手稿,也就是这本小说,自白于天下。《小小陌生人》却没有任何破绽,如波洛这类高智商的人物,除非特殊的机缘,永远到不了凋敝的山庄,直至文末,叙述人漏出不慎之言:"如果说百厦庄园被幽灵纠缠,但这幽灵从不在我面前现身。因为我只要定睛一看,就会感到非常失望,我注视的只不过是块窗玻璃,里面有一张凝视着我的扭曲的脸——这张困惑而渴望的脸,是我自己。"

罪犯自述情节的推理小说《罗杰·艾克罗伊德谋杀案》已经够出色的了,《小小陌生人》的沿袭,使模式更趋细密和精致。这大约可视作类型小说的生态,它并不是静止的,而是在服从之下进行创造,这创造的驱动,又出自阅读经验的更高期待。台湾书评人唐诺曾说过,类型小说需要作者和读者的默契,我理解,"默契"指的就是一种"共识",由讲故事者和听故事者,相互彼此的期许和信任达成,既要尽职意料之外,亦不可背离人情之常,这也就是类型小说的规则。

当小说划分成大众与小众,或者通俗文学和纯文学,我们很难追溯究竟什么是小说的道统。小说的典籍中,说不定就埋藏着某种雏形,成为日后大众阅读范式;寓意脱出世俗外相,将故事的连贯性肢解成隐喻,走到形而上,是否还是小说? 曾经与一位法国翻译家讨论,左右手写字的问题,她说,还是应该右手写字,因为——她沉吟一时——因为写字是为右手而设计的。这句话很有趣,带有追溯起源的意思。任何事物的模式,都是为适用而建立。具体到小说,小说的叙事性,就是为热衷听故事的人设计的。

萨拉·沃特斯的《房客》,那破落户女儿,老姑娘弗朗西斯,爱上房客巴伯夫人,去到她闹哄哄的娘家做客,仿佛福楼拜的包法利夫人去到巴黎下等街区赴约;意大利人式的一大家子,七姑八姨挤在逼仄的房间里,又像是左拉《小酒馆》的场景;然后被扯进谋杀亲夫案,坐在人头攒动空气污浊的旁听席,她和巴伯家人成为盟友——没落归没落,她也是个大家闺秀,有着正直的道德观,此时不由分说拉下水。19世纪、20世纪之交,阶级轮替中经常演出的一幕,巴尔扎克的《贝姨》中,于洛男爵的情人一个比一个年轻,一个比一个阶层低,从交际花到织补女工,再到铁炉匠十五岁的女儿,老男爵临终说了这么一句话:"有什么办法呢,我这个人喝过大革命的奶……"民主平等降临人间,开辟新天地。写实主义,其实是小说的共同性格,不知在哪一个契机里基因变异,逐渐分野,思想交给知识者,类型交给讲故事的人。当年,狄更斯的小说,连载于报纸,就像今天的电视连续剧,无疑是通俗小说家,可是今天的我们,谁也不会怀疑他的经典性。走进欧美书店,立在迎门的桌面上的大部头,动辄几百页,论字数,就要几十万,什么样的能量驱动和接续,渡过危机,再"读"过危机,眼看就到终点,不想异峰突起,险境在前,于是,那阿拉伯暴君,不得已留下山鲁佐德活口。现代人知道得太多了,对神秘的事物抵抗力增强,你给出一,他推出二,给出十,推出百,讲故事的人,命悬一线,用什么来拯救你?

萨拉·沃特斯的《守夜》,还未读到,就像一个隐喻,暗示着悬念在延宕中,积累起魅惑力,是类型小说的秘籍。

2018年12月24日　上海

注:萨拉·沃特斯在"世纪文景"——《指匠》2017年9月出版,《灵契》2017年9月出版,《轻舔丝绒》2017年11月出版,《小小陌生人》2018年3月出版,《房客》2018年7月出版。

第三辑　序、跋及其他

《给孩子的故事》序

　　受托"活字文化"出版，编《给孩子的故事》，想了想，"孩子"的年龄段，下限应是认识汉字，数量多少不计，重要的是对书面表达能够理解，有没学到的生字生词，可以查阅字典，或者请教爸爸妈妈和老师。上限却有些模糊，小学高年级、初中和高中之间？就是十岁到十五岁，抑或十六岁，大概也不排除十七岁，将成年未成年，我们称之为"少年"。这个成长阶段相当暧昧，不能全当成大人，但要当作孩子看，他们自己首先要反抗，觉着受轻视，不平等。也因此，我决定脱出惯常"儿童文学"的概念——事实上，如今"儿童文学"的任务也日益为"绘本"承担，意味着在"孩子"的阅读里，小心地划定一条界线，进一步分工——我决定在所有的故事写作，而不是专供给"儿童"的那一个文类中，挑选篇目，收集成书。

　　顺延"给孩子的"系列：诗歌，散文，这一辑本应是"小说"才对，为什么却是"故事"，我的理由倒并非从文体出发，而在于，给孩子一个有头有尾的文本，似乎试图回到人类的童年时代，漫长的冬夜，围着火炉听故事。

这可说是文学的起源，经过无数时间的演化，从口头到书面，从民间到经院，再从经院回到民间，书面回到口头——最近一届诺贝尔文学奖不是颁发给了美国摇滚歌手鲍伯·迪伦？现代主义将形式的藩篱拆除，文学史等待着新一轮的保守和革命。

孩子也许会提醒我们，事情究竟从哪里发生，从哪里发生就是本意。仿佛处于人类的源起，我想，每一个人其实都是一部独立的文明史，他们保有美学的本能，你要讲一件事情，就要从头开始，到尾结束，这是"故事"的要旨。

这里收入的"故事"，基本上是小说，我以为，这是火炉边上的讲述后来形成的最有效模式。其中有几篇散文，也是有人和事，有发展和结局，称之"散文"是因为来自真实的经验，不是虚构，是非虚构，但并不违反叙事完整的原则。所以，我们称这本书为"故事"。

我可以为这些故事负责，它们不会使读故事的人失望，无论在怎样的不期然的地方出发，一定会到达期然；掉过头来，在期然中出发，则在不期然中到达。这是一点。还有一点承诺，也许要困难一些，那就是价值，这是选篇过程中，时不时受困扰的。倒不是说要灌输什么价值观，我们大人有什么比孩子更优越的认识？

相反,我们还需要向他们学习,借用现在流行语,他们可称之"素人",还未沾染俗世的积习,拥有一颗赤子之心。难就难在这里,什么样的故事不至于为他们不屑,看轻我们这些大人;同时呢,也得让他们把过来人放在眼里。将一大堆篇目挑进来,择出去;择出去,拾进来,渐渐地,方才知道要的是什么。原来,我要的是一种天真,不是抹杀复杂性的幼稚,而是澄澈地映照世界,明辨是非。

为了使选编的苦心在阅读中实现,有些地方需要妥协,尊重局限性,服从共识的背景,于是将故事的时间范围规定在当代。我本来希望扩展空间,有港、澳、台以及海外的华语写作入编,但顾虑缺乏理解的基础,最终放弃了。刚睁开眼睛看世界的孩子,视线辐射的半径还有限,要经过漫长的时日才能宽阔,这也就是成长的意义。

起初我们计划单篇控制在五千字以内,但往往超出,小说究竟不同于故事,故事在小说里只是一个核,一个活跃的、有自在生命的核,谁知道它会长出什么枝叶,开出什么花,结成什么果。所以我说——不是我说,是进化的结果,小说是故事的最佳外形和容纳,它不是直奔目标,且在中途生出旁顾,这些旁顾不知望向哪里,也许正预示着深远的前方。小说与故事的区别就是,它边缘模糊,向四周洇染,洇染,无边无际,在那没有边际之处,藏着许多奥秘,等你们长大后去发现。

选篇目是一桩冒失的事，极可能有更好甚至最好的篇章遗漏，阅读和记忆以及搜寻总归是片面的，就在成书的这一刹那，就有好故事吱吱地生长拔节，只能留在下一季收割了！

2017 年 1 月 14 日　上海

相逢俄克拉何马

这是我第一次飞往俄克拉何马，经过半个地球的路程，来接受纽曼华语文学奖（New man Prize for Chinese Literature）。这个奖项所激赏的代表作是写于二十四年前的长篇小说《纪实与虚构》，据我了解，这部小说并未翻译成英语或者其他外国语种，于是，越过距离、时间、语言，我和它又一次相逢在纽曼文学奖，而这些隔离与邂逅又正是这部小说——《纪实与虚构》所试图给予描写的。我从"我"在浩瀚时空里占位的一个点，辐射出去，尽可能抵达更深更远，用文字——我们的方块字，仿佛一种图案型密码，扩张一个大"我"的世界。这项工作从开始起，就决定它徒劳的命运，时间是无形的，空间也是无形，文字呢，有形，一个一个，却是谜语。中国自古传说，先祖仓颉造字，鬼夜哭，天雨粟，意味着什么？我猜想意味天地透露给人类一点机密。这一点机密，像是精灵，闪烁不定，你往东，它在西，你往西，它又在南。又像禅语，不能说,不能说,一说就是错!如此这般,无形加无形再加错误,就是小说《纪实与虚构》。

感谢评委,尤其感谢推荐人,将这部早已遗漏于视野之外的荒谬之作打捞出来,至少让我自己觉得,二十多年前做了一件对的事情。不仅是我,还是小说,虽然错中错,但留下一个错误,也算是提供一个线索,去向虚空茫然追寻"我"的存在。

回想写作的当时,还很年轻,心力和体力都有一股子野蛮劲,倘若是现在,也许就会生畏,然后放弃。这活计真不好做,用虚空的家伙,在虚空的大块里,挖掘一条虚空的隧道。我记得那个暑天,早上开工,中午打尖,提着饭盒走到户外去买午饭。太阳当头,蝉鸣聒噪,眼前闪着晶亮的树叶上的反光,恍如白日梦中。折返户内,吃完午饭,坐到书桌前,空白的稿纸上,中断的横切面里,再一次进入,就觉得回到现实。傍晚时分,西去的光线柔和下来,现实和梦境的边缘不再那么尖锐,软化成类似液体的性质,滑润,透明,胶着,富有弹性,劳作也使人疲劳并且妥协,于是,衔接处变得模糊,暧昧,合二而一。这样的交融状态在下一日的黎明时刻再次分裂,断口坚硬,甚至比上一日更加陡峭,跋涉则更加艰苦。

事实上,它代表了所有的写作,只是在它,由于内容的关系,就成为显学。倘若是一个具象的写实的故事,进来和出去会比较顺利,因为笔下的世界和真实经历的生活有着同一的表象,而《纪实与虚构》断然不同。它将存在分割成两部分,互相混淆,彼此难

130

辨,因为每一部分自有存在的理由。实体性的生活如此具体,感官的亲历源源不断补充储备,更新经验,纸笔间的虚拟世界则不时面临枯竭,危机重重,它们建立在形而上,要求着更为严苛的逻辑,向哪里索取呢?山穷水尽的时候,我去到图书馆,捧来一堆故纸,严格的图书管理员检查我的随身物品,不允许有洇染和污损字纸的携带,比如墨水笔,茶水罐,湿手巾,这使人产生幻觉,似乎眼前的书籍其实有仙缘,稍不留意,就会触动魔咒,消遁得无影无踪。一方面我更加确信,其中就有我要的;另一方面,又击退我的信心,因为我要不到。那个我企图结构起来的形而上的存在,建材相当可疑,仿佛莫须有,但我一定要它有,并且以为,要它有,它就有,因为,我需要。

这种强行的需要,实际上很张狂,它的张狂在于竟然无视知觉的局限,非要超出知觉,认识知觉以外的世界。就是说从"我"出发,走到"无我"的时间和空间,为"无我"建筑一个乐园,以有限建筑无限。我又没有称手的工具,就像旧石器时代的原始人,同时呢,却掌握了高度文明的产物,文字,是文明时代的原始人。文字这东西,你说有就有,说没有就没有,它也是有仙缘的,魔咒一念,顿入乌有。张狂的背后又有一种虚弱的怀疑,怀疑"我"的存在,从哪里来,往哪里去,放眼望去,左右上下都是"无我","我"在其中坠落,准确地说是失重地漂流,得一个立足之地刻不容缓。拿什么来救你,从"无我"中生出一个"我"。

回过头去,再看《纪实与虚构》,禁不住有些胆寒,放到现在,也许真不会做这无用功,倘若做,亦当以迂回和借道的方式,而不是这般直接,开宗明义"创造世界方法之一种"。透露一个小秘密,最初时候,我曾起书名"创世纪",可见有多么大胆,幸好没有;否则,也许就会因渎神遭谴。为了让他人也让自己信服,我顾不得误解的危险,使用过多的真材实料,有历史的亦有个人的,所以,它常被判定为家族史和自传体,又正逢家族写作的风潮。现在,我已经不反感纳入潮流,我们总是自觉和不自觉地被风潮暗示,风潮是个好东西,它顺向或者逆向地推动你,推你上路,一旦上路,你就可去往任何地方。就算是"自传体"也不错,"无我"之中,唯有"我"才是有形,从形走向形而上。年龄和阅历教训了我,时时处处提醒我是谁,越知道"我"是谁,就越知道"无我"的不可能,但这样的自知并不使人气馁,而是相反,更加向往,在"我"的边界,仰望无边无际的"无我",真是深邃,你的目光将接壤处推远,推远,远到无限。

2017 年 1 月 20 日　上海

《小说和我》前言

　　所以有这本讲稿集,最初的起因是 2015 年,香港城市大学中国文化中心前后期主任,郑培凯与李孝悌二位教授共同邀约,任"中心"短期客座,先后共六堂公开课。每每开班,都由张未民教授主持,李桂芳等秘书行政安排座席,传递话筒。课程过半的时间,有城市大学出版社朱国斌社长及编辑明慧提议,讲稿整理成书出版。之后,便是出版社同人们的辛苦劳动,记录六次课堂录音,分章节,定标题,提纲挈领,结构框架,同时添加注释,严谨细节。这项工作既耗脑力,又耗体力,费时将近一年。

　　当我通读全稿,时时体会到整理者的苦心。顺口说出的字词,没头没尾的半截话,口头禅,往往语焉不详,真仿佛乱草中寻觅路径。在讲堂现场,课题排序为:"我与写作""小说那点事""阅读""类型小说""张爱玲与《红楼梦》""小说课堂"。整理者将"类型小说"调前到第三的位置;"小说那点事"延到第四,并将题名改为"从小说谈文字",其他题目亦有字的添加,但这一改我以为极好,它强调了小说与文字的关系,将文字推上前台,当然,也向我提出挑战,透露出立论立据的不足之处,推使我继续深进,为今后的思考增添了项目。整理者还将最后两讲互换,"小说课堂"第五,"张爱玲和《红楼梦》"殿后——我理解为出于分类的需要,谈小说的集一辑,谈具体个人的单立。而且,请张爱玲压尾比较有分量,不是吗?那一讲,听众最多。看起来,张爱玲在港地的号召远未到收势之时。

这六讲里,"我与写作"——现取其大意微调作"小说与我"移用为书名,我是赞同的,因有讲故事的意思,读者会喜欢,单篇则题为"开展写作生涯";"阅读"即书中的"漫谈阅读与写作";"小说那点事"即"从小说谈文字"。这三讲是旧课目,曾经在不同场合用过,只是补充了观点,增添实例。严格说,我不太具备讲师的职业质素,不能在一个课题上常讲常新,而是疲意频发,需要不断地更换,才可激起讲述的欲望。于是,就像俗谚里的熊瞎子掰棒子,讲一课,丢一课,难免陷于匮乏,这是我不轻易接受邀约的原因。所幸在复旦大学教授创意写作,是工作坊的形式,情形每每不同,就没有一致的模式可供复制,也因此多年教学而不生厌。"小说课堂"就记叙了上课的过程,成为一个全新的讲题。同样的第一次进课堂,又有"类型小说",即"细看类型小说","张爱玲和《红楼梦》"。因为是生疏的功课,就将它们排在后三讲里,也因为不成熟，整理者很费力气，自己通读也屡屡遭遇不顺，总感觉不够缜密，勉强成稿，还是有许多遗憾的。一个问题从产生到完成，需经过漫长的过程，急是急不来的，讲一次也是不够的，所以，一定数量的重复是必要的。

这本书的来历大概就是这些。

顺便说一些题外的话，即驻校的花絮。城大的食堂是我有限的经验中，最好的学校食堂，天天都像美食节，点餐与领餐简便快捷，高峰时段，窗口都有人指导引领，不致误了进食。城大与"又一城"商圈贯通，其中的电影院排片密集，比内地的院线剧目丰富，不可同日而语。临走那一天，通知飞机航班延误，竟还赶上一部新片，美剧《心中罪》（*DARK PLACE*）。打扫卫生的姐姐是昔日保安镇上人，可说内地改革开放的见证人和受益者，聊天中便收获一段亲历历史。在香港文化中心看一场现代舞，新人新作集锦，其中最有印象的是一名越南舞蹈人作品，似乎以土著人的祭祀为素材，释放身体的原始性，是有神论的诠释。偶有一日，经过一条沿海街市，名"新填地街"，倏忽间，香港的地理历史扑面而来。

2017 年 2 月 26 日　上海

姐妹情义

　　女性之间的情义,我更倾向于来自遭际。同性恋固然是爱欲之一种,但生理性太强,人事也就简单了。所以,这里的两个人都是主流性别人群,或者说传统人群,各自抱有普遍性的婚恋需求,世事难料,双方都落了单,于是,合成一个社会单位。我必须为她们铺设道路,越过千山万水,最终走到一起。彼此向对方接近的过程,就是小说的本体——情节。在我,小说写作通常有两种情形:或先有开头,再有之后;或先有结局,然后从头道来。这里则属后者。起名《向西,向西,向南》,有一种出征的豪气,雄赳赳的,其实是有不得已,受变故驱使,谁不想岁月静好?

　　这一趟出征安排于什么时间、什么地点,正是要写作者选择决策,依据的原则有主动性的,亦有被动性的。主动性的就是——用当今流行话语说,价值最大化,当然,小说的价值与资本全然不同,在精神范围,和境界有关,所以,就是境界的孰高孰低;

被动性的,则是我究竟拥有怎样的材料,可提供结构情节,满足境界的要求。相比较,被动性的条件也许更具有决定因素,甚至是初衷发生的根源,我们常说好小说可遇不可求,指的就是这个吧!

去年在美国纽约住校,其间去到西岸,朋友在一间中国餐馆请吃饭。这一家餐馆有年头了,坊间有传闻,说由两个女人操持业务。原本的老板患病去世,眼看就要闭门歇业,却被一位常客接盘。常客一家也已离散,丈夫在大陆反腐风暴中被拘,余下女人自己。女人买下餐馆,请旧主老板娘重新出山,担任经理,于是,生意继续下来。这个不甚可靠的八卦——即便是误传,亦流淌出世事凉热,人心冷暖。八卦其实是第一手创作,集大众智慧,它多少将原生事端改造,使其更合乎人生的美愿。倘若在纽约的喧嚣廛市中,也许还不至让人感慨,然而,西部白日高悬的太阳底下,无边的茵绿,数月不雨,于是,遍地生烟,空旷辽远中,不期而遇就仿佛三生石上重逢。隐隐间想着,也许有一日,会成为小说中的一个内核。没想到的是,这一日来得那么急促。

我是一个发力滞后的人,将一个核下土,生根发芽,长叶抽枝,多是漫长的。《长恨歌》的最原初,直至十年过去,方才启动;《天香》更有三十年之久;《匿名》则远近相济,多年前的动因,被正经历的生活鼓励起来,越扩越大;这一回是反过来,近期的动因,将过往的经验唤醒,许多片断的记忆倒流过来,注满故事的洼地。于是,几乎是连自己都猝不及防地,很快就坐下来,展平纸张,开头了。

刚结束不久的写作,还没有时间拉开距离审视,然后归纳总结,多是出于感性的体验。我对女性关系的关切,大概是没有疑问的,曾经写过《弟兄们》《姊妹们》《姊妹行》,还有《天香》,因那是在爱情之外——爱情总是简单的,唯有在不合法的情形之下,提出革命性的挑战,才可具备美学的意义。一旦取得合法性,便趋于平常。同性爱也是,回到爱欲,异性与同性属同一本质。而女性和女性,却越过了藩篱,脱身更广阔的情感天地。男性和男性,大约也是,我写过《遍地枭雄》,可男性在我看来,似乎更趋向外部的社会化,不像女性,向内的情感动物。也许,我对他们了解不够,这就要承认主体的局限了;同时,也证明,人群之中,确实存在秘密同盟,以一种本质更为深刻的原因结合。

2017 年 3 月 10 日　上海

一个人的艺术史

　　父亲在上海人民艺术剧院任导演，家中常出入漂亮的阿姨，当然，还有叔叔，但在我眼里，叔叔们似乎都不如阿姨有光彩。上海人艺，后来与青年话剧团合为现在的上海话剧艺术中心，在周谅量阿姨的这封信里，就知道上海人艺还有更早的前身，"上海华东文工二团"。我们总是忽略身边的历史，离得越近越是忽略，稔熟往往取消事物的传奇性质。从履历上看，父亲1962年进人艺，记忆中，似乎是上一年末，母亲带我和姐姐，去南京接父亲回上海，时间上就对拢了。其时，应是父亲刚摘去右派帽子，身份为俗称的"摘帽右派"，人艺在这个当口接纳父亲，并且在专业的岗位，不只是知遇，还有济人于危难。所以，我们全家都对人艺怀感恩的心情。这些美丽的阿姨，多从事表演，艺术中人性情往往是热烈的。记得陈奇阿姨来到家里，让我和姐姐并排坐在小椅子上，为我们朗诵一首儿童诗。诗里描写了一间窗明几净的教室，最后一句是，门口飘过红领巾的一角，暗示无名英雄和义务劳动。这是上世纪 60 年代前半页的画面，少年共产主义茁壮生长。朗诵者正在青春年纪，裙装外罩一件浅色羊毛衫，仿佛天人，态度何其亲切，真把我们看呆。其实，在这同时，还发生着一些严峻的事情，要经过许多日子我们才能了解。

上世纪 80 年代初始，思想解放运动蓬勃兴起，纠错改正全面展开，剧院里有三个阿姨来到我们家，不是找我父亲，而是寻访母亲。她们中年龄稍长的是严丽秋，"文革"以后重返舞台，主演《姜花开了的时候》，可谓惊艳；谢德辉，"文革"前主演电影《布谷鸟又叫了》；还有徐明，也是在 60 年代初，参加《为了和平》《枯木逢春》的电影拍摄。那时候，中国电影出产有限，每一部作品都需经过漫长的制作和审查，方能够问世上映。所以，她们都是相当好运气，又是同样的坏运气，风华正茂，恰逢世事变故，整整十年空窗期过去，已届中年，女演员的事业线是有限的。这一天，她们相约来到我家，是向作家母亲求教，共同创作一部戏剧，内容关于"右派"妻子的故事。就像俄国十二月党人的妻子，涅克拉索夫的长诗《俄罗斯女人》中最著名的一节，妻子们走过漫漫路程，来到西伯利亚，走入矿井巷道，在苦役犯丈夫跟前跪下，捧起脚镣亲吻！她们问我母亲，我父亲划归人民的敌人"右派"，为什么没有离弃婚姻，是徐明吧，说，周予和——也就是周野芒的爸爸划为"右派"，组织与妻子、野芒的妈妈王频谈话的场面，她至今难忘，话说到此，止不住哭起来……往事中的人多已成故人：周予和、王频、严丽秋，还有徐明，就在今年五月，从澳洲传来离世的消息，长眠在异乡，愿她安息！这些阿姨，无不是美丽、多情、善良，而且仁义。

周谅量这一位阿姨，最深刻的印象来自传说中的遭际，就是她在信中提到的那个事故，听闻总是隔膜和疏远，唯有当事人有切肤之痛——祸端的意外，场面的惨烈，整六年治疗，留下后遗症。可是，千真万确，我看不出阿姨她有隐疾。"文革"以后，人艺的新剧连连出台，记得其中有一出英国推理女王阿加莎·克里斯蒂的戏剧，剧名记不起来了，有一个场面却一直生动地在眼前，周谅量，穿一身白色的纱裙从楼梯上缓缓走下，宛若游风。

信中所提那次等车时的邂逅，记得阿姨看见我时，惊呼道：怎么长这么大了！在她印象中，我大概还是那个小孩子，跟着父亲到后台东看西看，大人们说话，坐在一边贪婪地窃听，去文艺"五七干校"看望父母，然后与父亲一同乘车、乘船回家，或者替父亲到安福路二百八十号领取工资……几十年的光阴倏忽而过，转眼间便长成这么大，是挺吓人的。阿姨们都挺信任我，有什么话和我说，有什么事也托给我，可我几乎没有办成一件。阿姨家的宋家祺叔叔的离休问题，我也没有帮上忙。叔叔他1949年10月赴北京，担任开国大典升旗手，照理是在享受离休待遇期限内，可惜的是，没有留下一件书证。负责承办离退休的同志很通融地说，哪怕只有一张当时的车票,也可充作书证;可是,谁会保留一张车票呢?大家都很合作,可是政策就是政策,不符合就是不符合。但是,我想,历史不会忘记,将新生的共和国国旗送上天空的每一双年轻的手臂。如今,叔叔也离开了我们,现世的缺憾一定已化为和谐与安宁。收到阿姨的信,我很意外也很感动,同时呢,反省和检讨自己不耐心听长辈说话。父亲晚年,经常讲那些过去的事情,我呢,听而不闻。历史就是这么遗漏的,又在模糊的视听中变形,所以,更珍惜这封来信。经阿姨同意,得到《世纪》杂志社的支持,将信发表,希望一个人的生活可为集体记忆做见证。

2017 年 6 月 2 日　上海

同乡人

　　《乡关处处》原来的起名是"同乡人"，因写的是来自同一地的女人们，还因为"老乡见老乡，两眼泪汪汪"的俗谚。总之，有关异乡和乡谊。

　　曾经去天目山区，寻访母亲抗战时候就读的一所临时中学，校舍已归村产，村长又去了山里，就在一户山民家中打尖，等人找村长来。这户人家住一幢小楼，院子铺了水泥地，盆栽占去一半面积。坐在堂屋里吃西瓜，窗外是青山绿竹。西瓜在井水里镇得冰凉，女人很奢侈地切开一个又一个，手里的一瓢刚咬去尖就被夺走扔了，换上新一瓢，用她的话——"不要吃得那么彻底"，就觉得物产的富庶。山茶很釅，放得又多，苦过之后有回甘；菜蔬是后院里自种的，采来即可下锅；责任田里的稻米仅够四季嚼吃；还有小鸡小鸭们，度着无忧虑的童年时光，破瓜后则可下蛋；山上的竹子是她家的，偌大的一坡，进去都要迷路，可是收购的客商一年少一年，

143

雨后的幼笋长到窈窕,再到合掌,就有些虚抛春华的怅然,在农家,则少了进项。自产自足的日子已经不够循环,这里那里缺了口子,需要进入交换经济。至少,这房子的砖瓦水泥以及水泥里的钢筋,地里长不出来,还有家用电器,瓦斯灶头,身上的衣服,颈上腕上的金银,样样都要现钱。所以,男人必得外出打工。下一代呢,也是外出,上学读书,书上的知识多是关于山外面的那个货币世界。

上海的街道,风驰电掣的动力自行车,主要是两类人,一是快递小哥,二就是家政服务的钟点工,他们都是抢时间的人,又拼得起劳力。快递小哥我不太了解,钟点工却有交集,暗中替她们算一算,收入比得上大学教授,只是要去除养老保险这一块,就是这一块差异,事情大相径庭。她们不只为当下衣食,更需未雨绸缪,为长久计之。勤勉实干的,多在家乡盖了房子,可是,计划跟不上变化,孩子们少有愿意回老家的,现代教育使他们与故土隔离,将来就又变得渺茫了。精明一筹的,则在街镇买下商品房,从此做了城里人,老屋圮颓,草木闭合。有时候,会想起天目山的女人,恍惚中,那电动车的铁骑兵中间,仿佛有她的身影,气宇轩昂。城市里分工合作的生产社会中,她们甚至比男人还能挣,也更攒得住,手指缝并得严严的,蓄起水来,养得起老,养得起小,至于将来,她们大都有天命观,乡间的一句老古话,一棵草顶一颗露,出生为人,就得一份生计。

2017 年 6 月 11 日　上海

十年计划,一朝回首

　　转眼间,上海写作计划到第十个年头,身在其中不觉得,蓦然间回头,多少情景浮现眼前,仿佛从高速列车窗户外飞速掠去。

　　2008 年第一届,来了三位女作家,非常感谢她们,能够注意到这个初生的"计划",连我们自己都没有信心呢,双方都带着怯意,还有相濡以沫的心情,在七月和八月的炎热季节里,拘谨地度过驻市时间。第二届,来了五位作家,时间推迟到九月和十月,天气凉爽,大学也开学,就有了和学生们的见面,给"计划"增添一项节目。可是,天有不测风云,其中一位作家因不可抗力缘故半途离开,人数减去一名,只比上年多一位,作为主办方的我们,未免有受挫之感。就像补偿遗憾,这一届中,我们交到了忠实的朋友,充当起信使、外交、宣传的志愿者,从而建立起两地长久的互往。就像水冲出闸门,事情变得顺利起来,申请者比较踊跃了,这也助长了我们的野心,我们尝试着邀请著名的作家,寄希望提高"计划"

的知名度。可是事与愿违，回答我们的或者是礼貌的沉默，或者是委婉的拒绝，抑或也有，提出入住五星级酒店——对于这个要求，说实话，我们陷入两难境地。能够有成功的作家加盟，无疑能增添"计划"的光荣，可是，却违背我们的初衷，那就是生活在市民中间，认识一个日常的上海，而不是旅游地。

我们的城市上海，在全球化的潮流中，已经被符号化了，月份牌上的美人，留声机里的时代金曲，走秀场上的旗袍，孤岛时期的夜欢场，黑帮的夜店，这是一个旧上海；同时呢，还有一个簇新的。这个新上海，在美国好莱坞大片中登场了，比如《碟中谍3》，比如HER，都有在上海采景的镜头，而这些电影又都是传奇的和未来的世界，看起来，上海变成一座想象之城。两个上海，是上海，又不是上海。说它是，是因为它确实是从上海辐射出去的幻象；说不是，也因为这。它是幻象，幻象中的核子，那个结实的坚硬的毛毛糙糙被遮蔽的存在，里面藏着一颗真心呢！这就是我们要让人们看和了解的。也所以，我们为"计划"安排的住处是民居的公寓，从窗口可以听见市声，油锅的热和香飘进来，探出头去，底下是店铺、车站、地铁口、资金链断裂后的烂尾楼空地。早上是晨练的人群，走着匆匆的上班族；晚上，大妈的广场舞开始了；再晚一些的午夜，本来是清寂的，清洁工的扫帚划在路面上，落叶也划过路面，骤然间，拆除消音器的跑车呼啸而过，携带着二代的财富和颓废；喧嚣平息，路灯的光晕里，流浪猫出没，还有孤独的夜行人，也许因为失恋而无眠。里面有许多故事呢,在等待着发现,将它们从水泥和钢铁的壳子里释放出来。我们要让"计划"中作家看见的,就是它!而五星级酒店,却是同质化的产物,还是商业的产物,走进去,你可以想象在任何的资本所到之处,它和在地的生活隔离着,也和在地的人隔离着。当然,我们非常理解这位作家的要求,生活在陌生的国度里总是让人不安,尤其是亚洲后发展地区。由于地理位置、政治体制、意识形态的疏远,人们不知道社会主义中国正发生着什么,五星级酒店是个防火墙,给人安全感,代价是遮蔽真相。为了保持驻市的出发点,我们不得不忍痛割爱,放弃了这个可能使"计划"声名大振的良机。

在放弃的同时,我们也经历着被放弃的遭际。不算多但也绝对不少,一些作家在最后的时刻,决定选择去另一个"计划"项目,要知道,全世界的"计划"不计其数,我们大概是最年轻最无名的一个,缺乏竞争力。比如美国爱荷华大学的"国际写作计划",假定同时有我们和他们两个机会,我相信——实际也是,胜出的总是他们,我们呢,也认了,但是并不意味着我们会放弃争取。

每一年的"计划"刚刚结束,我们就开始下一年的准备,在网上发布信息,征询驻沪领事馆的推荐,与各种文化交流机构联络,审核申请人名单和履历,有可能的话,阅读他们的作品,在亚洲的暑热中等待秋凉,九月来到,一位一位作家从扁平的纸面上走出来,变得活生生的,简直就像小说人物。许多抽象的概念变成具体的形态,遥远的想象变成现实,模糊变成清晰,也有的是反过来,固定的成见颠覆了。

我曾经和一位印度学者聊天,各自描绘对彼此国家的印象,那位朋友说:你对印度的知识全来自西方人著作的书本! 这让人惭愧,现在,印度的作家来了;在美国买瓷器,问到产地在哪里,回答说"Portugal(葡萄牙)",一时想不出是哪里,又问是国家还是地区,回答是"一个国家,一个美丽的国家",现在,美丽的 Portugal 的作家来了;俄罗斯摩尔曼斯克州札波里亚尔内市的年轻诗人来了,从北极光里走出来;身患罕见病的作家来了,说是罕见病,更像是阿尔卑斯山的冰雪塑成的,我们叫作"玻璃娃娃"——接受不接受他的申请,我们也考虑了很久,瑞士是个高福利的国家,而处于经济飞跃时期的我们的城市,发展是不均衡的,有的地方超前,有的地方还是蛮荒,万一有个闪失怎么办? 经过反复讨论,我们的决定是两个字:"欢迎"。非洲丛林里的作家带着她的鼓来了;保加利亚作家则带着她的歌舞;以色列的作家来了,巴勒斯坦的作家说来还没来,终有一天会来到;说着加泰罗尼亚语的西班牙诗人们来了;说着盖尔语的爱尔兰诗人来了;安徒生的乡人也来了,带来的是另一种童话传奇……

他们带来他们的乡音,加上我们的乡音,互相讲述故事。故事分两类,一类是他们真实经历的,一类是他们虚构假设的,这两类故事如何会发生在同一个人身上? 这就是事情的神秘所在,也是我们所以聚在一起的原因，它将互不相识的我们归为同一族群，名字叫"写作者"。

神秘性是如何发生的，是我们经常讨论的话题，有人说是酒，酒有致幻的作用，但此"致幻"不是彼"致幻"，后者是无中生有，前者却是从实有出发，抵达虚有。有人说来自喜悦，也有人说来自悲伤，有的来自云游，有的则来自足不出户。我喜欢其中一位韩国作家的说法，她的名字叫作"兰"，是一种花的名字，在中国文化里，总是象征着美好的事物。她讲了一个段子，说的是一位强迫症患者，去向精神科医生求诊，他顽固地以为他的眼睛是一颗煎鸡蛋，而蛋黄随时就要流淌出来，医生对他说，那么你就想象你是一片烤面包，将鸡蛋包裹起来。兰说，我的写作就是那片面包，将溃散的心托住。这个段子很有趣，深想起来，很有道理，写作其实就是寻求安全感，写作者大多是居安思危的病态人格。我还喜欢另一位印度作家的经验，她住在印度腹地的乡村，开一家诊所，为贫穷的村人治病，她的诊所挤满着病人，她说这就是她写作的源泉。在这里，写作者又成了医生。事情似乎有些矛盾，写作者既是病人又是医生，但是也对，所以我们会有两个故事，从一个故事里分离出另一个故事，再从分离出的故事里回归前一个故事。你们看，我们在一起，就是这样有意思。

更多的是不在一起的时间，你们兀自在这城市里活动，有时候三五结伴，有时候自己单个。这城市越来越庞大，原来的乡村和农田,如今都纳入市区。发展中的国家就是这样,生产和消费的周期越来越短促,一转眼间,高楼起来,高架起来,铁轨铺设,跑着高速列车。放你们在这坚硬的蛛网里转悠,真叫人担心,生怕你们走失,每天都有本地的大人和孩子走失,何况外国人!谢天谢地,过去的九年里,没有发生一桩走失案件,就看今年,第十个年头了。

我想也是,写作者都是一种记忆特优的动物,走过的路,经过的事,都不会忘记,都等着写成文字,虚构成故事,故事可是我们的安身立命之地。危险是难免的,首先是穿越马路,有一位以色列作家站在车流滚滚的街沿,就是走不到对岸去,他困惑极了,不知道看绿灯走还是看红灯走,因为他发现,红灯亮起来的时候,路上不定有车,绿灯亮起来,前后左右都来车了;保加利亚的作家的遭遇就更诡异了,她遇到一对男女,诱她到取款机上刷卡,无奈她信用卡的额度快满,只刷出两百美金,她似乎并不感到侥幸,反而有点遗憾,因为,那一对小骗子年轻漂亮,时髦热情,说着一口流利的英语;方才说到的韩国"兰",她也是遇到一对小男女,主动为她照相,就这么一换手的工夫,包里的钱不翼而飞!我们的城市上海,原来还藏着那么多美丽的机灵的友好的盗贼,简直像飞行客,在林立的高楼上空俯瞰着,寻找哪里有得手的机会。

来自各国的作家都是运动健将,喜欢长途跋涉,那一位爱好书法的匈牙利作家,从居住的西头,徒步走到东头福州路,真佩服

150

他怎么找得到的，许多年轻人都未必知道那里有着许多旧书店，还有文具店，他买了一大抱宣纸，再徒步走回来，汗淋淋的，似乎隐喻着文化的重负；有两个北欧作家，有着古代海盗的体魄，是不是用指南针定了方向，认为朝东走去，一定能走到东海，于是就迈着大步，向前，向前，好像中国神话"夸父追日"，结果走到铜川路水产市场，就当是渔人码头，方才打住，折返回头。就这样走啊走的，有一次走进剧场，台上正演出中国京剧；又有一次，走到一座古典园林，上演的却是西方现代剧。期然和不期然地，故事就在脚底下生出来，然后再带给我们，要知道，人们总是漠视身边的事物，司空见惯的表面底下其实有许多惊奇呢，现在，他们告诉了我们，点燃了我们的求知欲。所以，冒险是值得的，不仅为他们，也为我们。

此时，上海，似乎成为我们共同拥有的秘密，然后共同揭开，再同享答案。

时间过得飞快，中国有一句话，叫作"岁月如梭"。中国的语言真的很有意思，不仅是它的象形，不仅是它清脆的单音节，更是因为它的造型的能力，它可将抽象的事物变成具象的，又可将具象的事物变成抽象。这个成语解释就是，岁月本来是虚无的存在，伸手一捞，捞一个空，可是"梭子"却是具体的，在它的来回穿行中，时间就有了经纬，有了幅度，有了占位。我以为，"岁月如梭"这句话，在形容速度的同时，还表达着时间的实体的性质，这

151

个实体就是记忆,假如越来越多的人参与记忆,时不时地念叨念叨,这记忆就会变成现实。大概就因为此,人们需要为一些特定的日子命名,新老朋友聚于一堂,好比今天,我们"上海写作计划"的十周年纪念。

2017 年 6 月 27 日　上海

美丽的爱荷华

　　去年在纽约驻校,中间专去一趟爱荷华,三月的季节,中西部地区尚在冬天漫长的拖尾中,风从爱荷华河面吹来,十分料峭。可是,眼前的图画却亮丽得很,总是下午三四点光景,五月花公寓的窗口看出去,一艘划艇穿过逆光,摇桨的少年们的剪影镀着一道金边,那就是我的爱荷华的景象,永远不曾消失。对岸是起伏的草地、树林,延伸过去,是一望无际的玉米田。天是没有边际的广大,一直连到地平线。再远去,就看到了密西西比河,岸边的植被将河水映成黄绿,丰饶极了。从爱荷华去到芝加哥、纽约、旧金山,方才知道我们来自乡下,是乡下人,我却庆幸自己第一次去美国,就到美国的腹地,那里有一些更为本质性的生活,最典型的元素随进步潮流归集到某个中心旋涡,留下它们,在滞后的不变的表面底下,其实隐藏着起源和归宿。

　　自 1983 年初次到爱荷华,2001 年去过一次,小城的中心有了

153

步行街,略略扩大了一些,说是不变,还是有变,只是比较大世界的脚步,缓慢得多,就像时间的余数,多少千年方才积累一点点差异。然后就是 2016 年再回去,学校在扩展,河边起来一座音乐厅,曾经有一次河水泛滥,冲塌河岸,多少改变了地形地貌,于是,埋葬旧建筑,诞生新建筑;那时候我们常去购物的超市没有了,代之以一家汽车修理铺;市中心继续向四周蔓延,餐馆、书店、咖啡馆,时尚的因素浸润进来,它不显得落后,反而显得前卫,显然,原生的力气还足够它生长和进化;夜晚有了城市之光,汽车悄无声息地在路灯下流淌,四野里的静谧更为广大地覆盖了街市。这是变化中的大不变。

五月花公寓还在,向前几步,岔出一条坡路,经陡峭的转弯,就看见那一幢二层的红色木头房子,依然是华苓迎面的笑靥和拥抱,走进去,楼梯旁的墙面上,主人收藏的各色面具还在,穿过客厅,就是露台,恍惚间,亲朋满座,一个彩色大气球,从屋顶飘过去,吊篮里的人招着手。这就是爱荷华的第一面,天真的得意的新大陆的表情。"国际写作计划"也还在,而且有了独立的一幢小楼,而原先,只是行政楼里的一间办公室。"计划"经历过低沉的时期,又在蓬勃向前,每年都有各地的作家来到。世界在向全球化趋进,地区差异在缩小,尤其是我们,中国大陆。1983 年,来自任何国度的作家,牙买加、尼日利亚、土耳其、墨西哥、巴勒斯坦、印度、印度尼西亚、菲律宾、南斯拉夫、保加利亚,都比我们有见识，都比我们沉着自如——他们比我们先期进入全球化，这命运里面，幸和不幸的成分都有。而我，第一次出国，第一次拥有护照，第一次搭乘国际航线，第一次在超级市场购物，第一次走进麦当劳、肯德基、比萨——在我们的翻译小说里，叫作意大利脆饼，第一次使用支票，第一次实地接触现代舞，第一次看电影《007》，第一次听猫王……现代性在爱荷华这世界一隅里全面上演，扑面而来，真有些挡不住。可是，另一种更加生动和具体的人和事合拢过来，覆盖在视野之上，那就是正进行在"国际写作计划"里的生活。作家从某种程度说，就像一个先知，预先感知危险将要来临，所以，就又都是忧郁的，同时呢，又都暗抱期望，期望事情向着应该的方向转变。似乎并没有刻意为之，相反，在这暂时离开本土的日子里，大家都有着对酒当歌及时行乐的心情，我们在走廊上跳舞，音乐震天响；我们到郊野烧烤，打排球；我们去农舍吃玉米，喝家酿甜酒；我们驱车往芝加哥，一晚接一晚聆听蓝调，可是，忧愁呢，才下眉梢，又上心头。作家就是这样一种人类，作家聚在一处，是快乐加快乐，忧愁加忧愁，"写作计划"就是这样，将这种特殊的人类圈起来，乐个够，又愁个够。

爱荷华的茵茵绿草上的秋千架，木头桌椅，河边垂钓的渔人，到了秋天，绿变红，黄变金，地平线变成青黛色，学生们忙着学期考试，旅人开始思乡，迁徙的候鸟，"一"字形或者"人"字形，这就见出天的高和远，还有虚空。玉米地收割完毕，颗粒归仓，2001年

10月来到这里,农庄的围栏上写着:上帝保佑美国!新大陆的历史又开辟一个篇章,世界在动荡,即便是爱荷华,也在受波及。可是,华苓家的露台上,时不时地,聚着清谈的人,谈着诗和小说,还有八卦里的人和事,听起来风马牛不相及,可是,这里和那里,有一股潜流,努力向既定的轨迹靠近,那是日常的生活。就好比纽约百老汇的剧场里,歌剧院的魅影向观众们说:我们要好好地活着!在这样的特殊时刻里,生活就成为宣言。爱荷华也没有落伍,爱荷华从来未曾落伍,一种一收的玉米地,花开花谢的灌木丛,时涨时落的河水,还有"国际写作计划",每到秋天,作家们就来了,带着行囊和写作中的草稿本,自己的语言和家乡的小吃,聂华苓后院里的鹿群也来了,看上去还是上年的一群,事实上已经换了代。

去年,2016年,又来到爱荷华,华苓带我去橡树墓园扫墓,墓碑下面躺着的人,是"国际写作计划"的创始人,是小楼壁上面具的收藏者,是给后院的鹿群喂食的人,后来我才知道,那一年,我随母亲茹志鹃来到爱荷华,地底下的人说,这孩子很年轻,我们要让她多看,多看看世界。这个人,就是美国诗人保罗·安格尔,我忘不了他!

2017 年 7 月 27 日　上海

156

中篇小说的材质

得 2017 年"印刻"杂志台积电文学赏中篇小说评委约,读进入决审十二部作品,这些初涉文学创造的习步者,其实遭遇的问题与职业写作者终其一生所面对的,并无大差异。启动之初,都要为写什么作抉择;抉择之后,再要策划怎么写;策划之后,能否实现就看造化了。中篇小说相对短篇,不只是在文字数量——当然,数量在某种程度上规范了体积,但不是实质性的——起决定作用的因素在于内涵的质量。参赛的作者都很年轻,阅历和认识有限,大赛的年龄上限为四十岁,文学的才能往往是晚熟的,鲜有早慧的例子,所以称得上年轻。年轻有年轻的好,没有磨损感性,机敏地四下搜索,因目力纵深不够,难免放大表象,前人的经验且提供了方法论,比如隐喻、象征、辐射、管窥、一花一世界……于是,从琐细出发,铺展全面。蛮力气支持了野心,十二篇候选作品无一不显现豪迈的企图,生死、真假、有空。这又是不知世事的好处，鲁勇。成熟的人生多半是苟且的，总是知难而退。只是，放纵的写作害处也不可小视，一方面挥霍了价值，再一方面，培养盲目性，它使写作者忽略了差异。

大和小，重和轻，多和少，深浅，高低，好坏，其间的差异，在理论中是显学，到了小说，则变成隐性的。这隐性的存在稍不留神，就变成陷阱。小说是虚拟的事实，诠释可任意改变它的形状，一切就都不确定了。然而，在这乌有之乡里，有着潜在路径，它制约着书写的流向，就像水面底下的河床。看参赛的小说，有些像在泛滥的洪水中寻觅河道。线索多是模糊的，逻辑也不严密，推论的根据很不充足，需要耐心，而耐心显然被过度消耗了。我想，激励阅读的还是写作者的冲动的热情，时不时地爆发一下，迸出些电火，转瞬即逝，就在这断续的闪烁之中，依稀呈出轮廓，等待阅读者定义。写作人多是不满足于自我的定义，大约是抱有超出事实的预期，预期无限广大。定义是有风险的，风险在于会将无限变成有限。所以，宁可放弃发言权，拱手让给评委，说不定呢，说不定会已有不期然的阐述，将囚禁中的意义释放出来。这时候，分明又露怯了，退缩了。就在这含糊不明中，竟然写就数万字的中篇小说，勿管成不成立，它们就站在那里，接受检阅。你能不鼓起精神，跟随始终？

坦率来说，有一些写作从开头就错了，于是，不得不将错误进行到底；有一些是错在中途，误入岔道，去到不知什么地方；也有错在最后的情况,那就令人扼腕了,它可说浪费了先前的功课。我想,从广义论,小说就是一个错误,因为它离开现实铁定的存在,兀自重建一个世界,犯错误是必然的命运。但我们谈小说,不就是在狭义上谈?狭义的小说,前提是我们假设这一切都是真实在发生,于是,就要来真格的了。这些时时可能发生的事故的原因,我的解释是,没有严格检验使用的材质。事情又说到差异上,现代主义取消差异,具有革命性的意义,它将美学史推进民主和平等,取消阶级观念,天生我材必有用,精英们应该下台了! 不幸的是,几乎不可避免,任何一次革命最终都走入专制,转变为反动。历史进到后现代,事情果然不妙了,浪漫主义运动建立的标准塌陷,替代物还未产生已经被取消,虚无主义成为新意识形态。现代主义的革命是因革命对象而成立,对象没有了,革命完成了,余下的是冗长的平庸的日常状态。

话扯远了。回到中篇小说的境遇里,我以为中篇小说的人和事自有特定的材质,它要比短篇小说结实,沉重,密度高,韧性强,造型的可能更多,也许会有些呆笨和粗拙,不那么精致,灵巧,光洁;自然,它也不及长篇小说的丰伟,那是要用纪念碑式的石头垒成,有些裂缝,对不齐,不匀称,险嶙嶙的,不要紧,它的壮大足以在总体上平衡和稳定,它是有原始性,同时呢,又担负更高使命。中篇小说的结构则在人力可控之中,局部的完美应当是被要求的。倘若说长篇小说是天意,中篇小说就是人工,短篇呢,大约可称为一种际遇,要凭缘分,这又和长篇小说对上缝了,是不是像太极图?中篇小说就是中间的一段,已经出发,还未到达。话又说玄了,可确实是读稿之后的漫想。

评委会开始时,朱天心转述唐诺的一句话,意思是"低枝头的果子都摘完了",说得真好!假如我们不准备换一棵树,唯一的出路就是跳跃,去摘高枝上的果子!所以我说,我们和你们,职业者和习作者,处境是一样的。

2017 年 11 月 25 日　上海

程乃珊五周年祭

时间过得飞快，程乃珊离去已五年。我们都是文字生涯中人，如越剧《红楼梦》黛玉焚稿的唱词"这诗稿不想玉堂金马登高第，只望它高山流水求知音"，所以就写下此文纪念她。

《长恨歌》里，我写"老克腊"自许旧人，乘电车去洋行上班，遭遇汪伪特务追杀重庆分子，吃了冷枪身亡，这情节来自程乃珊，她曾窃窃语我：前世里大概丧身电车路上，因高跟鞋别在道轨里不及脱身。后来，她辞去上海作家协会专业作家职务，移居香港，过着上班族的生活，就像去往前生践约。我想象她穿职业装，走在港岛尖峰时刻的人流里，香港的人流是丽人行，年轻貌美的女性格外耀眼。具体做什么在其次，重要的是，女性独立自主，闪亮登场社会前台。关锦鹏导演的电影《阮玲玉》，张曼玉饰演的阮玲玉从手袋里取出一枚私章，印在律师函，郑重和珍惜的表情，自恃是有身份的人。我觉得，程乃珊就在这时代定格中，生在新和旧的交替中,时代翻手为云覆手为雨,人呢,从新到旧,又从旧到新。

上世纪 80 年代,新时期文学兴起,历史批判和反思是为显学,大致以"右派"与"知青"两类写作承担使命,事实上,先于上世纪之初,"五四"新文学的普罗大众思想业已划分成左右两翼,而前者因政治社会结构变更上升为主体,即便"右派",也是从"左翼"阵营内部再行划分。这一幅文学图景中,程乃珊称得异数。她不是知青,极可庆幸的,"文化大革命"开端的 1966 年前夕,恰好中学毕业,跻入高等学校,免于流离,而走入职业社会,保持了按部就班的正常人生。她当然也不是"右派",年龄够不上,就算够上,还需要有性格的原因呢!程乃珊是驯顺的,或多或少,也是她那个阶层处境所致。世事难料,谁又是先知,唯有敛声屏息,安分守道,于触手可及处找些乐子。所以,她又是有些享乐主义的。然而,无常的命运之下,小小的享乐主义有那么一点戚容。张爱玲散文《穿》里,去虹口买日本花布,写道:"有一种橄榄绿的暗色绸,上面掠过大的黑影,满蓄着风雷。"这大约就是享乐主义的画像。程乃珊的小说《蓝屋》,豪门阔少,几经变故,栖身上海狭弄内一个单间,却坚持饭后一杯咖啡的旧习,也是享乐主义画像。但这位先生并不抱张爱玲"人生总是在走下坡路"的悲观态度,而是积极地投身新生活,做新人类。果然,历史没有辜负他的信任,在又一轮革命中,调整社会结构,重建道德秩序,他得到的回报是"政协委员"头衔。

这一个情节的走向,不能简单解释为阶级的讲和,其中确有着对时代的欢迎。"政协委员"并不是程乃珊欢迎的全部,甚至称不上最重要,作为身份合法性的象征,确意味着其他附属的内容将一一恢复原状。上世纪 80 年代中期,《收获》杂志组织在深圳召开笔会,那时候,深圳领香港市场经济之便捷,先行一步,成内地改革开放前沿。酒店电视直通香港频道,这一晚,正播放香港小姐竞选。程乃珊、王小鹰、我,三个人住一间客房,程乃珊热情高涨,我却很让人扫兴地瞌睡不已,在评委与小姐的问答环节,终于被倦意席卷,耳朵里最后听见程乃珊说:这时候困得着,真佩服伊! 历史华丽转身,繁华都会风景迎面而来,真是惊艳。程乃珊难以抑制欣喜,把它们带入小说,具体为蓝屋公馆、锦江俱乐部、西点配方、家庭派对,却又是被正义所拒绝。唯有一样,欣然接受,就是这家后人的风度仪态,事实上,这一样恰是最具有阶级性的。其间隐藏着微妙的悖论,常常成为程乃珊作品受人诟病的理由。可是,"五四"以降的中国现代文学,不就是普罗大众的文学?在漫长的演变中,成为教条哲学,植入写作人的潜意识。《蓝屋》主流外的人和事,终回落主流意识形态,程乃珊这个新时期的异数,也归并同质性。然而,小说这东西却有一种特别的自主无意识,它会旁出最初的企图,另辟道路,指向无准备的地方。应了那一句古话:有意栽花花不发,无心插柳柳成荫。《蓝屋》作为背景交代的,顾老先生,为改暴发户身份踏进上流社会,透露了资本主义新生阶层的野蛮生长，让人想起巴尔扎克的"人间喜剧"，比如《贝姨》。不只是评论者，也许程乃珊本人都不曾在意，文学史的大趋势难免忽略个别的动态。可是，种子落地，即会着床，假以时日，便发芽长叶，抽条开花，结出果实。

程乃珊若是在今天，很可能被称作"物质女孩"。大家都知道，程乃珊手气很好，联谊活动抽奖，她总得胜筹。曾有一年，她在此地抽到一台彩色电视机，紧接着，又在彼地抽到一具电视机柜，不得不承认天地成全。但是，似乎作为一种平衡，程乃珊与文学奖项缘分不大，常常擦肩而过。即便不以此做隐寓解释，从表面看，她对世俗生活的热切，也距离写作者的思想劳动本质有些远。张爱玲写苏青，苏青睁着迷瞪瞪的眼睛，仿佛说："简直不知道你在说些什么，大概是艺术吧！"这有点像程乃珊呢！只是程乃珊是天真的，不像苏青的世故。有一回，她介绍一位老裁缝替我母亲缝制几套出国的衣服，特别嘱咐用心用力，说，这可是著名的作家哦！老师傅很淡定，回答：我又不识字，凭本分做生活。我又觉得程乃珊像那老裁缝，规避开现代知识启蒙，另有一功。

80年代，物质世界扑面而来，五光十色，令人目不暇接。有一次在无锡举办笔会，那时候，文学笔会频繁，写作者聚集一起，谈个没完。宾馆有一个售品部，说是售品部，其实就一具柜台，在我们眼睛里堪称琳琅满目，而且可望而不可即，每一件商品都需外汇券购买。这时候，程乃珊悄悄在耳边说：我请你们喝可口可乐！

顾不上客气，即紧随其后，来到柜台，贪馋地看她取出外汇券，然后，小姐从货架上取下三个易拉罐，擦拭薄灰，显见得存放多日无人问津。其中有一罐的拉襻无论如何拉不开，请来服务生帮忙，使了猛力，褐色的液体喷涌而出，溅了我们一身。离群索居的我们，面对消费时代就是这般束手无措。国门渐开，我即随母亲去美国，程乃珊专门送我一份礼物，能看出她对出国这桩活动的重视。很快，她也领到出访任务，亚洲发展中国家菲律宾，多少有点不满足，看起来，世界纵然打开了，先进地区却是有限的部分。从菲律宾回来，说起感想，则令我吃惊，她说：在这些地方，无论怎样贫穷落后，但最现代的东西它们都有，比如超级市场、星级酒店、高速公路、摩天楼、奢侈品——你不得不佩服她目光敏锐，窥见全球化里的资本统一模式。中国大陆也将或者正在纳入其中，速度之迅疾是程乃珊想不到的，我一时找不到出处，但小说的情节印象深刻，一户中产人家，经历几度沉浮，终于走入正常生活，却又遭遇始料未及的挑战，那就是保姆的儿子，一个乡下男人，生意场上发起来，出高价租赁他家汽车间做货仓，更新一代实业者踩着两脚泥急吼吼地走来了。

程乃珊从香港退休回沪，我与她同去参加某公司的周年庆，她看着场子里活泼泼的年轻女孩，感叹道：现在的上海小姑娘真会打扮！心情颇为复杂。在资本社会趋向稳定的香港居住多年，正是中国内地起飞，蓦然回首，换了人间。似乎是，她的时代方才回来,未及伫步,又向前勇进,被抛在身后。可是,回来的真是原来的那一个吗?程乃珊又是怀疑的。就像一个鉴赏家,辨别真货和赝品,她很快从炫目的光色中镇定下来。她说:街上人群的衣着缭乱得很,倒不如"文革"时候,简素是简素,却是清爽的。这话也许有一些些妒意,同时呢,不谓不是实情,实情是——现代化在某种程度上,也许就是无产阶级站起来了。还有一件事,也让程乃珊挑眼的,即风起云涌的上海城市写作。她说,不对,不是这样的,错了! 不过,她也承认,这股潮流确实启发了她,使她意识到,她尚有个储藏未开发。从此,程乃珊开始了关于上海逸闻逸事的书写,一发不可收。我们曾在私下议论,将程乃珊和其他都市描摹比较,我的意见是,程乃珊不可替代。不仅材料拥有优势,更重要的,是文学营养的品质差异。时尚一代的祖师奶奶是张爱玲,程乃珊呢,则是俄国 19 世纪文学,以托尔斯泰为代表。除去同类型文章供分析比较,我还可旁引佐证,那就是长篇小说《金融家》。

事情终于回到文学,我们不可能忽视,程乃珊是一名写作者,这身份还是将她与世俗人生区别开来。体验过文学初始给予的光荣和骄傲之后,写作的生活亦在更深入地教育她。有一件事大约可称作开启,推她进严肃的世事。不能以为程乃珊没有阅历,方才说的"驯顺",倘若不经磨炼,哪来此生存本能。记得 1989 年春,我和程乃珊受旧金山"中国书店"邀请,去美国宣传新书。我们和另两位驻外人员同住一套公寓,时常有中国学生和职员过来聊天。有一天，我们与一个年轻人争论起来，随着双方情绪失控，越来越偏离主题，所以分歧的起因就模糊了，但场面的激烈印象尤深。年轻人难免是轻浮的，对他人的经验一概漠视，半路切进美国社会，且自许占据价值高地，总之，过去的和现在的，以及未来的，都是他对。谈到别的尚可以安然处之，但当涉及"文革"，程乃珊便按捺不住，说起家庭的遭际，不由哽咽。这一刻，我特别心疼，倒不仅因为事情本身，而是她情急下揭开伤口，痛的是自己，对方可能完全无动于衷。我们都不掌握论争的要领，既缺乏抽象逻辑的训练，也没有现成可资利用的理论，只能实打实地，以亲身体验对付，就像武林中真功夫遭遇暗器。倒霉的历史总算过去了，中断的生活又继续下去，做梦都不会想到，如我，下乡插队的一日，再没有准备返回上海。始料未及的，还有额外馈赠，那就是文学新天地。在一个文艺界大型晚宴上，有一位前辈说：看，程乃珊，多像一个女学生！顺指点看过去，明眸皓齿，额发蓬松，白衬衫束在宽摆裙的腰里，捧一本纪念册，兴致勃勃穿行席间，逐个请名流签名。可不是，一个追星的女学生。

我要说的这件事就和追星有关，这段故事，程乃珊自己已经写成文章公之于众了，简单说吧，早于方才说的1989年住旧金山前，程乃珊和王小鹰接受美国国际访问者计划，环游美利坚。在"计划"安排下，程乃珊得偿心愿，与偶像格里高利·派克见面。上世纪40年代下半期出生的程乃珊，赶上好莱坞风靡上海的末梢,日后,海峡隔离冷战降临,便淡出荧屏,这东方巴黎也随之洗去铅华,持以素颜。这一场比弗利山庄的会晤,堪称海上旧梦重温。不久,派克来到中国上海,媒体又安排一场见面,可是偶像他无论如何想不起曾经与中国粉丝的历史性邂逅。派克老矣,记忆差否,再则呢,一个大明星,拥有海量崇拜者,可谓万千宠爱在一身,怎么能指望他恰恰记住其中一个,即便有国际共运史做背景。据说,当时的场面相当尴尬,看起来,安平世道,娱乐年代,也不可事事如人所愿啊!

天分就像基因,它潜于体内,也许终身不显性,倘若适时适地适人,则生机勃发。程乃珊终于要写《金融家》了,又终于写成了。就像程乃珊和文学奖的缘分,总是差那么一点点,文学奖一定程度上是文学潮流的表征,落后于它进不了法眼,提前了命运也一样。《金融家》问世,当时也举行研讨会,但还是从注意力中心滑过去了。那时候,都市写作尚未勃兴,家族叙事沿寻根文学车辙,从原始处起,哪一项,《金融家》都纳入不了。评论者又常从现象着眼,需要一定的积量,方能定性质。所以,我说,程乃珊是中国当代文学的"异数"。以自然观论,人的运数总量都是有限的,这方面多一点,那方面就少一点,不能什么都是你得。那回我和她在旧金山,住同一套公寓贴邻的两间卧室,女性之间本就亲密,何况朝夕相处。一日早晨,她让我帮着卷头发,触及肤发,不禁感叹老天爷给了一副好坯子:头发黑亮,极富弹性,牙齿如同串贝,指甲是又一种贝类,肌肤莹润。她对镜子一笑:可惜塑形没有塑好!这句话回得很俏皮,而且有急智。我知道,她一直自愧不如母亲长得好。

从文学生态总体看,《金融家》似乎孤立于承前启后的生物链之外,但在程乃珊自己,却有踪迹可循。《蓝屋》中,那位野蛮生长的顾老先生就是。草根阶层走出来的中国民族资本家,今天的话叫作"凤凰男",资产阶级本是胼手胝足,泥里水里起家,不像贵族,征战中出来,光荣照耀后世。英剧《唐顿庄园》,大小姐玛丽不得已和生意人结姻缘,放不下架子,凛然道:我们是继承,你们是买!这话说得精到极了,一下子划分了阶级。程乃珊其实从来没有被"买"来的优雅迷惑眼睛,深谙花团锦簇中的硬骨头。自己的生活何尝不是呢?一路过来,情何以堪。近代崛起的中国民族资本主义尤其坚韧,不是做压榨的对象,就是做革命的目标,全靠出身里那一份蛮劲抗着。程乃珊的驯顺里,也藏着些犀利的刀锋呢!无意扫见电视里播放谈话节目,因有程乃珊出席,便看下去。话题有关南北文化对比,因此南人北人各持一方。北派明显占压倒之势,有语言的便利,南方人说普通话总要隔一层,反应和出言就迟缓了;语言又带出气场,近首善之地楼台,得月在先,难免居高临下。轮到程乃珊迎战,对方取抑扬术,恭维开场:我是看程老师书长大的……程乃珊即道:你不要这么说,大家要算出我的年龄了!止不住叫好,程乃珊的急智又一次显山露水,真是痛快。

169

《金融家》原是程乃珊"三部曲"计划的第一部,后两部没有动笔,原因很难追究。写小说,尤其长篇小说,需要的条件很复杂,有时候却又很简单,就是没有在应该开始的时候开始,于是欲望退潮。对文学史不谓不遗憾,从第一部看,我们有理由展望第二部和第三部的前景。好在程乃珊受上海叙事感召,写作大量非虚构文字,为这个城市描绘毕肖的画像,增添近代历史记忆的库藏。正当其时,造物又来分配总量,我们只能这样解释,程乃珊得天独厚,预支了应定的份额:天资和才华,爱情和家庭,事业和生活,尤其是,生活的那股子热腾劲,她多么爱生活,爱得太多,太多,于是,戛然而止,定格——华美、丰饶、快乐、兴致勃勃!

2017 年 12 月 15 日　上海

蓦回首，二十年

——《母女同游美利坚》再版跋

我母亲茹志鹃，生于乙丑年九月十三，即公历 1925 年 10 月 30 日，1998 年 10 月 7 日去世，距七十三岁尚欠二十三天。岁月如梭，似乎还是昨日的痛创，不料想，二十年光阴过去。我们至亲以为仓促的时间，在瞬息万变的世事里，大约是相当漫长的，以至于人们——我指的不是陌路，而是文学从业者，似已不记得母亲名字的准确写法，常常将名字里的"鹃"改作"娟"。对一个用文字留下生命痕迹的人，这是一件多么令人沮丧又无奈的事。也因此，当"中信大方"年轻的出版人提出重版《母女同游美利坚》，以纪念母亲周年，心中是十分感动和欣慰的。

1983 年，随母亲茹志鹃和吴祖光先生赴美国爱荷华大学"国际写作计划"，所以叨忝受邀之列，一半出自年轻写作人的身份，另一半，则因是母亲的女儿。事实上，我可能更早于母亲知道爱荷华大学的这个计划项目。1980 年，在中国作家协会第五届文学

171

讲习所受培,保罗·安格尔和聂华苓就曾经来到课上,向我们介绍"国际写作计划",同行者还有李欧梵,这位年轻的华裔美国教授,风流倜傥,一身白色的西装,在上世纪80年代中国大陆开放之初,仿佛来自未来,这个"未来"的名字就叫作"现代化"。来宾演讲完毕,请大家提问,现场顿时陷入沉默,不是我们没有问题,而是不知从何问起,那时候,我们又羞怯,又有那么点倨傲。局面多少是尴尬的,僵持一段,终于有一位学员举手提问——他来自广州,处于改革开放的前沿地带,比较有眼界,因而也自信一些,他的问题是关于"琼瑶"。天哪,我们大多数人甚至连"琼瑶"都是陌生的。

这个演讲会大概可用来作隐喻,隐喻我去到美国爱荷华的中国背景。母亲对于旅行美国,显然有准备得多。"文化大革命"之前的60年代,她堪称中国年轻作家中的翘楚,1962年,即访问苏联;1965年参加老舍为团长的作家代表团访问日本;"文革"结束后的1980年,作为中国友好协会的作家成员访问欧洲五国,出国对于她不是新鲜事。但是这一回,与女儿我同行,使她格外的开心。相反,我总是极力挣脱与母亲的捆绑,身为著名作家的女儿,成长中的反叛期延长并且加剧。可是,怎么办呢?去爱荷华,就是因母亲而成行,不承认也得承认。合出一本旅美日记,是母亲的创意,我无法反对,因为内心受着诱惑,同时,不得不再次接受捆绑。

虽然事先有杂志社和出版社的约定,但到了落实阶段,还是遇到挫折。多半的原因在我,如果单是母亲的日记,一定更受欢迎。不能不正视生活和文学的阅历,无论是对外部世界的看法和认识,还是内部精神的立场观念,母亲不知高我多少筹。她向来又是个讲究文字的写者,从不随便下笔。相比之下,我的日记就是一本流水账,事无巨细,来不及思考、提炼、去芜存菁,文字"水"得可怕。就像一个饥渴的人,面对盛宴,什么都好,什么都要。多少年来,我都不敢回头看这份记录,所谓"不忍卒读",就是这种状态吧!母亲的日记顺利地刊登了,我的,则经过几番周折,分散分期终于也发出了。上海文艺出版社接下了出版的计划,责任编辑,一位与母亲齐辈的女性,具有多年的工作经验,实在看不过去,删去几段,我埋怨着又全部捞回来,边上旁观的人都想打我。时常想起这一幕,很想说一声"抱歉",可我都不知道这位老师的名字,那时候,责任编辑又不署名,真可谓"替他人作嫁衣裳"。这是简体字的归宿。繁体字版,是在香港三联书店出版。三联的副总编辑潘耀明与我们是同期"计划"中人,我和母亲的日记里时不时提到,我想,这大约是他接受此书的原因之一,因为,不管好坏,日记也帮助他记录了这段日子。

十八年后的 2001 年秋天,我再次去到爱荷华,"计划"的行政人员比尔,一位印度教授——"计划"的工作多是兼职——看见我,对聂华苓说:"她已经是一个成熟的女人",可见,当时我给人们的印象是多么幼稚，几乎无法认为我也是写作人，而只是妈妈的女儿，老是和妈妈斗气、拌嘴、独断专行的女儿。时年，母亲五十八岁，携带着她进行中的长篇《她从那条路上来》第二部，每天早晨，喝一壶咖啡，在书桌前坐下，开始写作。在她的年纪，家事世事都是纷扰的，这一段的安静实是难得。窗外爱荷华河熠熠流淌，学生们都在课堂上。我呢，郑重其事地出门去，仿佛要事在身，其实不过是乱走乱看，爱荷华，一层一层的绿过去，再绿回来，耳边是鸟的啁啾，看不见人影。十一时刚过，母亲站起身，离开书桌，到厨房烧煮，等我回去吃饭。我的胃口不怎么样，一直念叨要喝一碗真正的母鸡汤，这个执念苦恼着母亲，也苦恼着自己。美国的鸡，无论哪一种，都没法炖出那种碧清又醇厚的颜色和气味。其实，我们母女都不知道，一切是乡愁作祟，乡愁在味觉上的显现。身在异乡异土，不同空间里的时间，会改变形状，我们都有些想家。

　　重读这些日记，母亲的依然是好，她能够准确地窥察并且表达美国，还有她自己，一个观看美国的人。我的，依然不好，冗长、拉杂、琐碎、无趣，要说有什么价值，大概就是老实，老实地记录了那段生活，其中的人和事正超时速地退去，退去，退成历史。

2018 年 7 月 27 日　上海

邻家有女初长成

——《王安忆作品·少年读本》序

这一套"少年读本"是从我多年积累的小说中挑选出来，专提供给孩子们的。内容都是孩子的人和事，但出发点却不尽相同。大致可分为两部分，一部分是为孩子写作，另一部分则不单为孩子，而是包括孩子在内的全体读者。前一部分集中在第一册，约占总字数的四分之一，从时间顺序上说，是我尝试小说文体的初始，可说文学的起步，或者说探水。后部分，也就是占去更大篇幅，接近四分之三的，则分散在之后的各个阶段。从内容看，前者应属"校园小说"，这样的模式多来自上世纪五六十年代，苏联儿童文学对新生共和国的影响。著名的盖达尔，他塑造的少年先锋队员"铁木尔"，成为时代形象。小学校里，以"铁木尔"命名先进集体。到 60 年代，中苏关系疏离，"铁木尔"热潮退却，盖达尔的小说依然流行在孩子们的阅读生活里。至今还记得，一年级的语文课，老师总是留下五分钟的空余，读一段《鼓手的命运》，最厌学的男生都屏息敛气，一动不动。还有一本《马里耶夫在学校里和在家里》，都是与我们差不多年龄，差不多生活——学校里和家里，却比我们有运气，赢取完全不同的遭遇。还记得有一部电影，名叫《彼得和七位数乘法口诀》，这位彼得每每背诵到"四七二十八"，必定念成"四七二十七"，也许只是一个口误，但影响了得数。就像一种执念，无论怎么认识和纠正，这一回改过，下一回又犯，循环往复，没有尽头。其时，城里来了一个马戏团，班级决定组织观摩，老师派彼得去买票。教室里的课桌横向七排，纵向四行，总人数为"四七二十八"。彼得默念着口诀去到马戏团大篷车买票，结识了表演马术的小姑娘，说好台上台下，不见不散。很不幸，"四七二十七"的结果，少买一张票，老师说，谁犯的错误谁承担，只好你不看了。眼巴巴看着全班同学欢天喜地去看马戏，留下彼得自己，和小姑娘的约定怎么办？最后一刻，他飞奔到家，倾尽扑满里的硬币，再飞奔到大篷车，买了一张票，终于走进马戏场。演出已近尾声，辉煌的灯光里，小姑娘在小马背上，上下翻腾，绕场疾行。从此，彼得忘记什么，也不会忘记四七等于二十八了。

苏联的校园小说，有一种庄严的情感，来自整体性的俄罗斯文学传统，还来自少年布尔什维克先锋精神。我以为，新中国的儿童文学当是在这个背景下开拓道路，合上节拍，著名的任大星、任大霖兄弟作家，他们提供了校园小说的本国模式。上世纪70

年代末,学习写作,儿时的阅读经验适时来临,这一册的题名《谁是未来的中队长》,便是一个佐证。

　　不只是我,还有许多同辈写作者,往往以儿童文学为开端,不像是出于偶然,多少有一些规律性的原因。儿童文学难免给人浅近的印象,初学者力所能及。在成年人心目中——写作者不都是成人吗?——以为孩子的生活总是简单的,小孩子的阅读也是简单的,那么,就从这里入手。然后,我们练了笔,有了自信,不再满足于低龄的人事,企望向更高级进取,仿佛写作的成熟度和对象的成熟度恰为正比似的。于是,事情刚头,便告别了。1978年,我入职复刊的《儿童时代》杂志社任小说编辑,又成为另一本复刊杂志《少年文艺》的供稿者,那是个复兴的年代,关停的重新开张,从来未有的在酝酿中,即将诞生。四处是热烈的讨论,检讨过去,推敲现在,预计将来。在一次儿童文学的座谈会上,任大星老师大谈马克·吐温的《汤姆·索亚历险记》,无论马克·吐温,还是汤姆·索亚,都不是新鲜的话题,不寻常在于,它们介入了儿童文学。我们向来遵循的教育的道统里,赫然出场另类角色。后来,任大星老师甚至提到"婴宁",《聊斋》里的那个娇憨少女。以年龄论,合乎少年的界限,但中国人是早熟的,《红楼梦》里,贾宝玉和林黛玉不过十四五岁,已有涉情爱,婴宁的天真不也暗示着意淫?所以,"儿童文学"还真不是从生理年龄划分,更可能决定于意识形态的范约。此时此地此情,其实预兆着儿童文学的新生机,它正向丰富的复杂的世事开放,纵深抵达文学的本质,而我却结束了这一试探性阶段,进入上世纪的 80 年代。回溯写作道路,通常从彼时算起,1980 年。1978 年和 1979 年,似乎是在史前,课程中的预科,不纳入正式学历。

然而,孩子是小说美学构成的重要部分,带有诗的意境。它隐喻万物源起,它可豁免文明世界的律法,天生一个自由身,它既是"形",又是"形而上",将艺术里虚拟和写实的悖论合二而一。就像苏格兰小说家詹姆斯·巴里创造的"彼得·潘",他永远是个孩子,俯瞰人世间,不坠入尘埃。德国作家君特·格拉斯的《铁皮鼓》里长不大的孩子,俗世所称"侏儒"的那一个,私下以为大概就是从他而来。还有法国圣埃克苏佩里的"小王子"。他们凭了小孩子的特权——小孩子的眼睛就像古代巫术里的水晶球,任意改变时间和空间的形状,过去和将来,这里和那里,调换位置,模糊边缘,打散开,合起来,生出一个新天地。

《悲惨世界》的一节,冉·阿让搀着珂赛特,走在晨曦的薄霭中,小姑娘穿着黑孝服,怀里抱着粉红色的娃娃,粗蛮和娇嫩,苦难和甜蜜,交相辉映;屠格涅夫的《初恋》,男孩子爱上父亲的情人;詹姆斯·乔伊斯的《都柏林人》里,那一篇"阿拉比",经过一整个白昼的等待,迂回的争取,轻微的反抗,终于走出家门,穿过街道,乘上火车,来到阿拉比大集市,却曲终人散,店铺打烊了,大厅显得格外的大和空寂,一声令下,熄灯,顿时漆黑一片,仿佛被遗忘在无人的星球;现代启蒙者批评旧中国没有"儿童",也不尽然呢!西晋人左思,写过《娇女诗》,小女孩的活泼妩媚,儒教的谨严表情不觉掠过一丝莞尔;唐代李白的《结客少年场行》,"笑尽一杯酒,杀人都市中",就是古时的学生帮派……事实上,儿童并不专属"儿童文学",无论现实还是艺术,都有占位,走到哪儿,遇到哪儿,到底绕不开它。

好,暂且承认写作始于 1980 年,而不是更早的"儿童文学"。可是,儿童却并没有退场,收拾收拾,竟也有一堆文字。仔细清点,《预备委员》一篇是应约曾经供职的《儿童时代》杂志,尚保持了"校园小说"的特性,其他则跃出了藩篱——不以题材和对象区划,只从写作具体的需要出发,也就是我们通常的说法,"成人文学"。完全摒弃"儿童文学"的概念似乎也很难,时不时地打扰一下,让人游移不定。像《人人之间》,有几次将它剔出去,最终还是被编辑梁燕拾了回来。虽然小说中有儿童,亦是校园的背景,但故事所涉世故人情却超出儿童的社会,你不能不顾虑约范,也就是伦理。问题又回到原点,"儿童文学"究竟是单独的文类,还是属于整体性的文学创作。可是,孩子的社会和成人的社会不就是交织重叠,岂能脱离彼此孤立地活动?罗曼·罗兰的《约翰·克利斯朵夫》,整整前三卷都是写克利斯朵夫的儿童时代,漫长的人生在此开端,即便是天降大任于是,遥遥指出远大的前程,也是从懵懂中起头,渐渐苏醒。

"苏醒"是特别符合文学内心的命题,睁开眼睛,世界走出黎明前的黑暗,就像神说"要有光",就有了光;太阳从地平线升起,光辉照耀,同时,投下阴影,景物呈出立体的面,地表变得嶙峋,《屋顶上的童话》说的就是这个。本来有五则,先选三则,后来,商量着,再减去两则,保留一则,作为第四册的题目,也是整套书的结局。"童话"从字面看是说给儿童听的,事实上,大人也要听童话呢!安徒生的,格林兄弟的,卡尔维诺采集的意大利童话,还有中国蒲松龄的《聊斋》,干宝的《搜神记》……所谓"童话"不过是个说法,也可能读童话是人类进化的返祖现象,类似尾巴一样的东西,无论你长到多大,走到多远,随时随地,期然不期然,会怀念夜晚坐在火盆边,听老奶奶讲述她和精灵的交情,就像阿拉伯故事集的名字,《一千零一夜》。反过来也是,当你在襁褓之中,实际上已经在经验全部人类的集体历史。但是,不着急,慢慢来,让我们一点一点进入,这世界有的是未解的秘密,灿烂的星空就是证明。

　　"成长"是文学又一大命题,它循序渐进的过程,贴合文字叙述的时间形状,积累起"量",然后达到"质"的嬗变,则是万事万物的自然规律,艺术不就是模仿自然吗?离开"儿童文学"以后,所写的孩子的故事,可说都是成长,有第一人称,也有第三人称,比例大约一半对一半。第一人称容易被误解为亲身所经历,其实倒并非如此,第一人称的主观视角,更宜于"看",看世界;第三人称更客观,似乎有"被看"的意思,在此,"看"的人就是成人了,没有低小俯就,而是面对面,两下里都是独立的人格,平等地对视。我脱离儿童文学群体已经很久,不够了解如今的状况,所以心里也很犹疑,这些算不算得上"儿童文学"。在这些选篇中,我和编者没有回避身体的成长,比如《公共浴室》;还有,我们也没有回避阴暗面,比如《乒乓房》,比如《遗民》,这些空间和人事早已经流逝,不知又度过几轮新旧周期,进入下一个,更替中总要遗下旧痕,旧痕总是颓废的;处处可见孩子的戚容,比如《后窗》,比如《厨房》,那也是生活的表情,他们正在经历着呢,穿过隧道,就像"黑弄堂",眼前豁然开朗……这一切,虽然并不来源于写作者自身的生活,但也还是直接或间接地发生联系,最显著的证明是,它们全是城市的故事,即便第一册的"校园小说",在狭义的"儿童文学"概念里,也在城市背景下。感性和理性的关系,前者对后者的制约,在我,是逃不脱的宿命。城市是我成长的地方,想象力飞得再高,也脱离不了地心引力。第二册名为《弄堂里的白马》,真有点隐喻的色彩。弄堂是城市里的村落,在这水泥天地里,也造化着生命,从无到有,从嫩到熟,从熟到衰,再无中生有,循环往复,生生不已。建筑改变空间的结构,重建光和影的形状,草籽在墙缝着床,孵化出异类物种,无法入籍植物谱系,却也丰饶着孩子的视野。还有,太阳,月亮,风,雨,大气层,依着次第的经纬度,次第的物质能量,升降,出入,来回,明灭,诞生一个繁荣的小世界。

如此这般,从小说的大类中分离出这些文字,形成一个别类,奉献给孩子们,预习成年的阅读生活。也许,更可能,他们的心智并不如我们以为的晚熟,这些文字已经滞后,被远远抛下。那么,就当作追赶,追赶孩子们成长的脚步。

2018 年 10 月 6 日　上海

受颁澳门大学荣誉文学博士感言

尊敬的澳门特别行政区行政长官，

尊敬的澳门大学校监代表，

尊敬的校董会主席，

尊敬的大学议庭和校董会成员，

尊敬的校长，

各位嘉宾、各位荣誉学位获得者、各位老师、各位家长、各位同学，

女士们、先生们：

　　大家好！

　　非常荣幸获得澳门大学荣誉文学博士，也非常荣幸代表阿龙-切哈诺沃教授，刘艺良先生，刘少荣博士，沈祖尧教授发表感言，事实上，无论治学经历还是社会成就，我都不足以担任这一殊荣，只能将此理解成来自天意或者人情的厚爱。

　　回顾走过来的人生道路，似乎总是得到特别的眷顾。1966

年,在小学五年级的时候中止了学校教育,从此也再无机缘走进学府,谁又能想到,将近五十年之后的 2004 年,我能够被上海复旦大学接受为教授,每每在课堂上授业的时候,面对学生,难免有着不称职的心情,觉得你们才是我的老师!今天,又被授予荣誉博士,就更加惶恐不安。

两个月前,遵嘱到礼服店量博士袍尺寸,裁缝问我作何用途,我说要去一所大学领取博士学位,对方流露出诧异的表情,于是进一步解释,我早已经过了读博的年龄,这是一个迟到的学位,那先生就说"恭喜恭喜"。令人喜悦的何止是这晚来的荣誉,更是因为一个做小说的人,能够迈入高等教育的象牙塔。

小说是俗世的产物,从某个方面说,我们都是手艺人,所做的呢,又是一种虚无的活计,可存在也可不存在。阿龙－切哈诺沃和沈祖尧二位教授从事的事业,称得上救世济人;我的母亲一直希望我们儿女能够做一名医生,她说,无论哪朝哪代,都需要医生,那是人道的最直接实施,可是世道不济,我们没有一个完成母亲的心愿,成为无法弥补的遗憾。

刘艺良先生和刘少荣博士,他们是实际创造社会财富和公民福利,使人类社会更步向文明。说起来,刘艺良先生与我也许还有不解之缘,刘先生祖籍广东,印尼侨属,我父亲籍贯福建,出生在新加坡,我虽出生在中国内地,亦算得上半个侨属,先生和父亲共同见证中国人的漂泊离聚,从弱到强。刘少荣博士大约是我们中间真正的澳门人，澳门是博士的原乡，我曾经在上世纪 80 年代，从珠海拱北看着这地方，它离我又远又近，多么神秘又迷人，我们听来许多它的故事，葡萄牙传教士总是在这里登陆，然后去往内地；还有博彩业，夜夜上演人生传奇；治疗瘰疬的草药，奇异的香料，远海的船舶……没有亲自来到，就解不开它的谜——我觉得刘少荣博士的物流行业，带有隐喻的性质，隐喻近程和远程互通交换，将偏僻的物种，传播天涯海角。

我觉得，你们都比我好，你们的工作都比小说这件事重要，你们的贡献也都比我重大，我们这些人，不能如你们那样，创造有形的价值，只是在纸上，用文字做一个空中楼阁，也许，只是也许，这空中楼阁能够丰富人们的想象力，让人们在可见的世界之外，相信还有一个看不见的世界，唯有想到这里，还有少许的心安，那么就让我继续努力，使这个看不见的世界更加让人信服。

2018 年 10 月 21 日　上海

一个人的思想史

——《今天》杂志"视野：王安忆特别专辑"序

　　我理解北岛编这套专辑的意图在于，尝试记录共同思潮中个体的历程。上世纪 80 年代思想解放运动，时有跌宕起伏，但就像洪水开闸，直流三千尺，再无回转的可能。新时期文学可称弄潮儿，乘风乘水，且推波助澜。倏忽间，已将半个世纪。中国社会走入现代，大约从未有过如此久长的时日，从容扩展精神领域。身在其中并不觉得，抬头看，却是一惊诧。如我这样的小说者，是从体验出发，理性的概念化往往成为负累，压抑感官的自由。所以，我想这大约是专辑的第二个意图，让写作人隐形的思想浮出水面，呈现足迹，纳入历史的进步。

　　因循这一解释，着手选择文字，同时，也给自己一个机会，检点以往，总结经验。

　　我设计以散文《茄家湊》开篇。那是 1986 年的行旅，到浙江绍兴，拜文友协助，查访母系祖居。从背景看，正是寻根文学发起,大家伙纷纷投奔"文学的根"。有的入径地缘,向山川河流进发;有的倒溯时间,访问古城古镇古村。大到宇宙历史,小至家庭起源,两头都是虚空茫然,正合小说窃意。回到《茹家溇》内文,则有着话说从头的意思。从1986年往回算,写作约有七八个年头,还在情绪的主导下,世事与青春都在平息骚动,渐趋安稳。其实是个迷茫阶段,经验被过度地挥霍,来不及积蓄能量,开发新世界。同时呢,也意味着形势要有转折,于是,就让这一篇起句,比兴出下文。

第二部分由三个短文合成,分别于1995、1997和2003年,应稿约而成章。《重建象牙塔》是替陈思和的文论集作序,我够不上了解他的思想,熟悉的是他这个人,我们同龄、同届,住同一条街,俗话叫作"街坊",但直至上世纪80年代新时期文学方才照面,进行《两个69届初中生的对话》,算得上以文会友。所写"序"很可能与他书中文章不贴,是王顾左右而言他,也是借他的题说自己的话,不期然处总有碰头的地方。《接近世纪初》是因病歇笔一年之后,有换了人间的心情。具体什么样的要求一时想不起来了,可能是指定的议题,也可能是自定。跨世纪的人,有一种嬗变的焦虑,造物似乎也是有安排,给时间刻度,好范约洪荒,比如竹的节,树的年轮。所以,就是社会的普遍性暗示,算一个坐标吧。第三篇《英特纳雄耐尔》,又要涉及一个人——陈映真。倘若真有思想史一说,在我,便是贯穿上世纪80年代至今天。中国大陆迅

187

疾走完资本经济前期、中期以及后期,从孤立进到全球体系,又回归中国国情,他,一个亚洲后发展地区的预言人,国际共产主义理想的明日黄花,引领着我,走去无可望见的希望。

这样,就来到第三部分,总共五次发言,分散在 21 世纪的十几个年头。一个小说者,在文本以外的声音,可能最具思想的外形,但也最可能露怯。以虚构为职业的人也许不该在现实中多说话,因为我们常常混淆真伪,"想当然"错成"所以然"。就像说禅,不能说,不能说,一说就是错。

第四部分是占全辑篇幅半数以上,写作时间比较接近现在,实是多年学习与实践的感想心得,文学和艺术的观点,对于思想来说,未免太过具体。可是,我们这样的人,不就是以这样的方式来思想的吗?我们做的活计,堪称莫须有,好比《红楼梦》太虚幻境的楹联,"假作真时真亦假,无为有处有还无"。思想本来应该让存在更明晰,我们却相反,让世界变得模糊、暧昧、摇曳不定,仿佛物体在光影里的边缘,也许这就是我们的思想史。从这里说,这部分应是专辑的主体,之前则可作附录。

2018 年 11 月 7 日　上海

第四辑 对话

答苏伟贞问

　　苏伟贞问:就从一本书说起吧。2006 年 9 月,我俩参加香港浸会大学主办的"张爱玲逝世十周年研讨会",比邻坐,你翻到一本书的扉页,小学生写功课似的好专心地用钢笔字签名送我:"是我母亲的一本小书。"8 月刚出版的《茹志鹃日记(1947—1965)》。这些年,你那认真的神情,成了记忆中对你的认知符号。

　　打开书封,是张一女子浓密齐肩黑发脸容清丽垂目左手夹烟右手粗头钢笔写字的黑白照片,面向女子相框里是眉目素净男子半身照,王啸平,你父亲。女子初看以为是你呢! 不,是你母亲茹志鹃。照片全景式地展示了你人生、写作的源头。老实说,读《茹志鹃日记(1947—1965)》(当然最先找你出生的 1954 年看看怎么写这个小婴儿,好可惜,你生于 3 月,那年日记始于 7 月 21 日。但几次读到你母亲夸你"很乖""个性温和""开朗""越长越漂亮",不知怎么就很高兴,觉得要了解你的创作,真必须读这本

191

书），最喜欢的部分是看你和母亲对话的注记，像是《遭逢一九五八年》，你叹息母亲一代"个人遭际被遮蔽在大时代的背面"，有种知识人的天真和纯净气质，真是好难以言说的往事追忆录啊！但你淡淡节制地说着事件的表面："母亲的这些日记，大约可看作是那中国式乌托邦梦寐的碎枝末节。"可否谈谈你怎么看你和母亲写作之年的差别？

王安忆答：很高兴《印刻》安排我对谈的是你，有多年交谊，不必从头道来，可直入话题。

更令我感动的，你最先谈到的是我母亲。母亲她去世至今十八年有零，算是一代的时间吧，可是人们已经模糊记忆，往往写错她的名字，文学史上的排序也很错乱，多年来，我没有为她举办任何追思活动，或者出版文集——欣慰的是，她的小说集始终在出版和发行，以文学而非纪念的名义。我们全家按中国传统习俗，每逢清明、冬至、忌日，去陵地看望，香烛祭拜，我觉得是合乎母亲心意的。她身世飘零，格外渴望常伦里的家庭生活，儿女是她的宝贝。送你的那本日记，是我在母亲身后遗物中搜寻出来的，这时，我才发现在她公开发表和出版，转换为铅字的写作以外，还有着大量不为人知的文字，草稿、采访、构思、日记……显然是为写作准备，却终未实现于作品，可以见得母亲时代写作的谨严；与她相比，我简直可说是过度挥霍，挥霍材料，挥霍思想，挥霍才能，同时挥霍纸张、油墨、印刷术、读者的耐心。1983 年，我随母亲参加爱荷华大学"国际写作计划",其间,聂华苓老师在家中接待一位大师,介绍我们认识,大师很善观相,并不做预测,只是描绘且用语十分别致,给我留下美好的印象。他说母亲和我的人生都是"艰辛",母亲是苦得"艰辛",我则是"乐"得艰辛。这话说得极是,我想这不仅指我和母亲的命运,还指的写作这回事。中国大陆作家,也是第一个介绍去台湾的阿城,他有一个观点很有趣,他说我们这些小说人,已经将自己的"命"托出去了。他用一个"托"字,我理解他的意思,我们的命数转移在虚构的存在里了。从这点出发,我和母亲,同是从事小说创作,我们的"艰辛"应是在小说的世界里。

上世纪 60 年代,称得上是母亲的黄金时代,虽然父亲列入"右派",从军中逐出,但是那年头,谁家没有个三灾四难的,他们都还年轻,扛得住生活的变故。母亲的小说《百合花》受茅盾先生肯定,一向被怀疑的"儿女情长"写作,在宏大叙事的潮流中,终占得一席之地。当然,如何处理私人生活和时代精神,总是艺术人需要郑重处理的关系,看她那些笔记,就知道身在其中的苦楚。即便是黄金时代,母亲发表作品的量也极有限,要知道,那时节文学杂志、报纸副刊和出版也是有限的,一年内有三到四篇小说问世当然算作高产。但是时至那时,母亲还没有创作中篇,更谈不上长篇。在她的遗物中,我也发现了中长篇幅的提纲,甚至已经有几万字的初稿。以我母亲的惜字如金,几万字简直就是天文数字。如果时间正常向下走，也许母亲真的能完成宏伟规划，遗憾的是，世事难料。不要说新的写作，连进行中的出版都停止了。我还记得，有出版社向我母亲索还预付的稿费，使我陡生忧患，预感到家境将入困窘。果不其然，接下来是整整十年"艰辛"。十年过去，到了70年代中期，母亲接续上中断的文学生涯，而我也开始步入同样的命运。

你注意到母亲日记里对我的欣赏，其实是每个母亲对自己孩子的盲目。在母亲遗物中，我看见有一张我的图画，潦草的铅笔画着一个孩子为老太太撑伞，旁边有一辆汽车，表示车流湍急的马路，母亲很得意地写下"1961，12，17，七岁零九个月，安忆"的字样，真是令人汗颜，近八岁了，还画得那么难看。在上世纪80年代，真是如大师所说乐得"艰辛"，我顺风顺水，方一写作就受到各方注意，难免忘形。80年代，可说是文学复兴运动，意识形态批判中包含着年轻人对前辈的反抗，这生长激素促进的青春期叛逆，时代又助我们一把力，我们所有的任性和狂妄都有了合法性和正当性以及进步意义。我们否定一切成规，历史和现实的关系，现实和小说的关系，小说和叙事的关系，叙事和语言的关系，语言和日常生活的关系……我们一节一节取消，最终一节不剩，然后再重新建设。这是成长中不可少的过程，相对的节制也是必要的，而时代特别放纵我们，现在回顾，我们常会说，我们都被80年代惯坏了。我有时候想，倘若没有我，母亲会如何看待这一伙反叛者?因为有我,所以她特别宽容,让他们张牙舞爪一番吧!虽然她的年轻时代不是这样过来,而是屈抑的,正因为此,她希望自己的女儿自由自在地生活,管她走进什么样的命运呢,最坏也不过是她那样,"苦"得艰辛。

问:对比着看你母亲的《百合花》《静静的产房》和你的《雨,沙沙沙》,有种感动,觉得不管生活的时代多么不堪、艰难,你们在各自的时代里写作,小说里几乎没有"恶",无论情节、人物,总是给出升华和希望,这是一种天赋,你觉得呢?你怎么看你的"小学生认真"气质?

答:大概是遭际所致吧,母亲的童年相当凄苦,但她始终保留着选择权,这就涉及性格了,她宁可寄居在清贫的朋友家,做小学老师连饱食都不得,也不向富亲戚求告。家道沉浮,她见识了人世的寒凉,后来她投奔内地,一是寻觅出路,二也是新生政权的平等观念。我觉得她是有一种轩朗的气质,就是说不颓废。这一点我可能继承了母亲,更可能来自优渥的少年时期,我生性不如母亲强悍,但比较好命,这给我一种本能,就是规避阴暗的人和事。所谓"小学生认真",大概有一半为你说中,我确实将写作当成学生功课,是必须完成并且缴纳的,布置作业的人却是在无形中,更可能是自己,所以,我称得上是一个自觉的学生。追究起来,这种自觉性来自一种欲望,说创造太伟大了,说是表达似又不够,因表达了这么多年，应该已经表达得差不多了，那么就是一种惯性？俗话说的开弓没有回头箭，上了轨道，就刹不住车了？好像也不是，更可能是写作中的快乐，这样的必须经过克服困难然后得到的愉悦，是别的任何事情都替代不了的。因此，在"小学生"的刻板底下还有着功课给予的乐趣，我真喜欢小说这门功课，从这点说，我确实是"乐"得艰辛，母亲写作比我严格，所处时代也比我的严格，所以，她写得很苦。我觉得，如果不是辛苦的写作体验，"文革"以后，她应该写得更多，在内心里，她多少对写作这件事，有些生畏了。

记得1983年在爱荷华"国际写作计划"的末期，"计划"安排全美旅行，我们在一所大学讲演，会后有一名台湾学生——那时候，中国留美学生多来自台湾，大陆开放之际，留学生还困顿在生计与适应中，无暇旁顾，那位台湾学生对我说，你和母亲的道路令人感动，母亲从"大我"走向"小我"，你则从"小我"走向"大我"。我以为他对我们，不只是我和母亲，而是包括了两代写作人，概括得非常准确。母亲的时代要求的是"大我"，个体的价值是被轻视的，美国作家斯泰因不是说"个人主义是人性而共产主义是人类的精神"，他们是一代追崇人类精神的写作人，但当共产主义实践走入低谷，"人类精神"其实已经脱离人本，变成教条。80年代思想解放运动中，他们这一代人回到人性原点，审视自我经验，重新出发。而我们就是在个人主义获得合法性的背景下，开始文学的

196

实验,被过度开发的私人感情很快面临枯竭,于是,对人性的检讨就来到面前。

80年代是个特殊的年代,时间变得急骤,思想和思潮迅速完成一个周期,进入下一个周期,是我们的黄金时代。

问:多年前去上海,你约了晚饭前先去家里坐坐。我提起在整理你的书目,你说:"嗳,我这儿就有。"立即打印了《王安忆主要作品目录》书目及单篇发表处、时间,目录序次止于"66.《荒山之恋》",虽说不包括海外地区,但涵盖选集及重版。这些年我很想把这张书单补齐,但总是追不上,可想而知你写作的速度,这真是一张"光年书单"。南京大学刘俊教授评价你的艺术风格多变,数量大质量高,既有早期平静叙事忧郁又抒情的笔调,又有20世纪80年代的先锋实验,更有20世纪90年代以后的沉静、细致,展现了从容和大气。你觉得呢?你怎么看自己的小说?是否同意这样的分期?

答:其实,我写作的"量"和"质",以及"变",归根结底,就是三十多年来,我一直在写,我的写作一直在人们的视野里,自然会得到关心和评价,至少精神可嘉。所以,我常常被称作"劳动模范"。

你知道,写作的时候,单就笔下,需要顾及的事情实在太多,完全无法为自己设置前瞻性的目标。写作是非常具体的,具体到要将面前空白的纸张填满，翻过去一页是一页，所有的创作谈都是事后诸葛亮，至少有一半是被研究者逼出来的，时过境迁，谈出来的未必是当时当地真实发生的。要我自己说，我的基本路数一以贯之，那就是写实、叙事，中间也有旁出去的时候，有做得比较好的，就成为例外，做得不好的，就被剔除出批评清单，但大体还是清晰和连贯的。所以，我倒不以为自己有变化，只是多少年来只做这一件事，还兴味依旧，大概还是有一点心得，那就是想明白——至少在我，小说究竟是什么？小说就是讲故事，但这故事和街头巷尾的闲谈不同，闲谈是常识，小说则是超于常识，这就是小说的价值，是"五四"以来，中国小说从西方启蒙运动中汲取的养料，使我们的小说，本质上区别于来自中国传统的晚清民初，鸳鸯蝴蝶派一类的叙事。

至于如何叙事，我以为关键是两点，一是写什么，二是怎么写——事情似乎回到原初，变得简单，只是更加挑剔。在"写什么"上，能够进入我笔下的似乎越来越少。在"怎么写"上，也比以前顾虑更多，不容易对自己满意，主要体现在文字。

我们是同一代人，但经历完全不同，我没有如你一样接受完整的学校教育，说是写作不从学府中出，事实上，写作背后有一大堆的知识教养，除去学府，哪里能得到最好的？所以，我很喜欢听课呢，以前到学校去蹭课听，现在年龄大了，不好意思和小孩子抢座位，就在网上听，比如蒋勋讲《红楼梦》，现在是白先勇的《红楼梦》,这也是"小学生认真"吧?

问:《乡关处处》是你近期的创作,小说写浙江省绍兴市上虞的月娥到上海兼做几份佣工,是偌大"保姆社会"一员。你小说中一直有个上海"外来"的底层女性原型,像《富萍》里的富萍、《发廊情话》里的洗头姑娘,这跟你"1954年生于南京,1955年随母亲迁至上海"的身世有关吗?《乡关处处》是你的系列小说?你是怎么看见这些外来者的?人物的原型是谁呢?

答:《乡关处处》里的月娥,是现在上海的一个大人群,春节过后,保姆介绍所里壅塞着的女人,就是她们;马路上,不要命地骑着电动自行车的,男性是快递员,女性就是她们;那推着童车,车里坐着异族或者混血的小孩子,会说简单英语的乡下女子,也是她们。我曾经去往天目山,在山村一户人家打尖,那家有一个院子,墙脚养着花草,四周青山环绕,女人从井里提出一个大西瓜招待,井水镇得沁凉,大约也是地下水的缘故,西瓜蜜甜蜜甜,她谈着山上的竹林,长年的客商没有按期来到,新笋变老,于是,遇到浙籍口音的保姆,就觉得是那女人终于出山。这一代保姆和过去——比如《富萍》里的"奶奶"——不能同日而语,和所有变化中的人一样,是新人类。"奶奶"是以东家当自己家的,她们不是守寡就是男人不争气,不知为什么,乡下的男人往往沉溺赌局,也可见出中国农业的萧条早已经开始,茅盾先生的《春蚕》不就涉及这个主题了？直到今日，征地用于工业建设和城区扩大，更使得农业劳力过剩，同时呢，城市里对佣工——我们称作家政服务员，需求也激增。新一代的保姆不像旧时的那样，期望找一个归宿，她们的目标就是挣钱，先是为儿女，尤其是儿子，造房娶亲，再是为自己，还乡养老。能够到上海打天下的多是能干人，又能吃苦，一日时间划作几份，一月所得相当可观。这种帮佣方式使她们很独立，辛苦虽然辛苦，人格却是平等的。我常听她们称自己的做工为"上班"，这就有点融入城市生活的意思了。《富萍》里的奶奶其实是带大我的保姆，在我们家度过半生，照理我们应该养她老，但当时家境局促，她女儿又执意带她回家，于是在老家终年。她和月娥籍贯不同，是江苏高邮，十四岁就跟乡人出来帮佣，很见得世面。很多年以后，将近2000年的时候，我去往扬州，在镇江下了火车，驱车往扬州去，正是雨季，一路上水汽氤氲，水田刚插了新秧，垂柳拂地，路边田间的红房子，是粗烧的窑砖砌墙，特别鲜艳，我不觉想起我的老保姆，忽然发现她其实是一个妩媚的女人，苏北水乡，女子特有一种妩媚。她们走进城市，为坚硬的水泥世界增添温柔的风景。从小说来说，"奶奶"们的故事也许更具有美学，月娥则是社会学，因此，我暂时还没有"月娥系列"的计划。

问：谈谈你父亲吧？你以父亲的新加坡身世写了《伤心太平洋》，书里人物性格际遇及岛屿、大陆的思辨缜密如水银流动的万花筒,是我的床头书。黄锦树的《论王安忆谈马华文学》,提到你对马华文学的看法,是否谈谈你的"父亲书写"及"南洋书写",以及你的"南洋血统"对你有无影响?

答:小时候,有一次走在街上,听大人们谈论籍贯何处的话题,我忽然大声说:我是新加坡人! 话没落音,就被姐姐捂住了嘴,是来自冷战教育的警惕性,就觉得不是合法的身份。父亲那一脉的族亲遥远到不存在,大人们也极少提及,只有一日,母亲和我们说祖父母去世了,要给我们戴黑纱,后来又决定不戴了。1969 年,中国经济略微开放一些,在广州举办交易会,我的姑夫,一个大战后兴起事业的生意人,专从广州到上海看我们,这是父亲离家以后第一个来自故乡的人。从此,开启了与亲属的往来,多是体现在对我们的接济上。他们寄来钱和衣物,对我们的家庭财政不谓不是雪中送炭。又一个十年过去,第二个家乡人来访,是我的大表哥,参加旅行团到上海。他在加拿大学医,有知识分子的眼界,对我父亲、他的大舅充满敬意,我父亲在家族里是一个危险分子,也是一个传奇人物,同时,他对中国问题颇感兴趣,给我们一种海外赤子的印象。但是他说:我第一是新加坡人,第二才是华人。看来,李光耀建国的理念已经扎根于新一代人。直到1991 年,我踏上那片亚洲最南端的土地,是我们姐弟中第一个去到父亲出生地的人,头一件事,就是祭祖。祖父母的墓地——在当年出殡的照片上的一片旷野,其时,密密匝匝地排满墓碑,祖父母在三日之内相继过世,母亲曾在浙江遇到一位乡野相术师,从父亲八字里算出,其父其母是连死,叫作"刀切豆腐两面倒",命运这事情,你说信还是不信!祖父母的墓碑上,我和姐姐的名字也刻进晚辈的序列里。在南洋炙热的日晒下,恍然如一个白日梦,就在这一刻,我和墓冢里的人,也和脚下的草木蔓生的土地,有了血肉亲情。《伤心太平洋》在我一贯写实的小说里,是不可重复的个例,情节推进的动力不是事实,而是情感,以情感虚拟的家族史,是不是像那种修补过的陶器?斑斑驳驳的实物的碎片,被白胶泥嵌合起来,终成一体。

大约从2000年开始,担任马来西亚《星洲日报》世界华文奖的评委,几乎每两年去一次吉隆坡,对我而言,更重要的是,每两年阅读一批参赛作品,其中大部分是马华本土的写作。这些写作不仅使我了解东南亚生活的现实,还让我渐渐进入马华年轻人的精神世界,这是一个非常纠结的思想遭际,民族和国家两种境遇不断地质问和质疑。听说,有一年新加坡有个论坛,邀请大陆学者讲座,题目为"母国和母语",我不禁想象,倘若我遇到这个题目,将如何作答?父亲的时代已经过去,如我大表哥这样的新加坡人在成长,建立他们的认同和忠诚,漂泊的命运终要安居下来,然后是一代又一代的生命与繁衍。南洋的植物似乎拥有特别旺盛的荷尔蒙,仿佛岩浆般汹涌突破地面,转眼间就是绿天绿海,覆盖了人类历史。进化的周期似乎在不断重复,回到原始,再出发文明。就像方外之地,在全球化的潮流中独辟蹊径,走出自己的天地。我觉得它提供给我一个他者的世界,从实有的存在里又开拓出一个莫须有,就像理想国。

问:1983 年你随母亲茹志鹃去爱荷华大学"国际写作计划",认识了陈映真。1984 年陈映真在《想起王安忆》中记起你,"怀着深的敬意谈说着还没有被中国大陆——更不用说外面世界——所认识、怀着巨大才华、深刻思想的她的同侪作家、思想家和学研工作者,对他们有深的期待"。现在,三十三年过去了,你的期待落实了吗? 在当年是哪些名字呢? 你怎么看你们这一代?

答:我非常幸运,第一次走出国门,去到美国,就遇到陈映真这个人,为后来将要邂逅的际遇做了准备。亚洲问题,巴以问题,后殖民问题,后现代主义,资本主义终结论的真伪,等等,中国开放后的几十年,这些问题扑面而来,他的许多预言,很不幸地多已被证实。奇怪的是,没有使人们理解他,相反是日益严重的误会。我不打算为他辩解,他自己都放弃了解释权,我总以为,最后的沉默,多少有几分出于选择,选择无语。

1983 年我与陈映真谈及的同辈人,我已经想不起来具体的了,但可以想象,就是那些年的同道者。三十三年里,文学的力量确实呈涣散的状态,集拢不起来形成运动的浪潮,但是,按物质不灭的原理,总量就还在,只是平均分配了。开放的社会总是这样,思想的尖峰时刻沉潜在生活的静流里。

今天,也许很难说出几个令众人折服的领衔者,但是,打开文学作品,你会发现,文字比当年要熟练许多,不乏精彩的段落,整体的写作在提高,有一些名字会留下记忆,等待某个时候再回来响应。小说的阅读和销售也在增量,虽然没有当年山呼海啸的热情,而是安静的。具体到当时的同行者,有的继续写作,有的转向理论,还有的从事更抽象和宏观性的文化研究,也有沉寂下来,还有的已经早逝,比如史铁生——我想我一定不会遗漏他,那时他已经是个好作家,后来写了更重要的作品,命运将他困在轮椅上,就是令他过一种思想的生活,并且以此勉励我们。多年来,生活将集结解散,又推壅不同的集结,最初疏远的人也许到了近处,偶遇则成终生的朋友。然而,无论世事难料,那最初的才华和精神总是不变的,何时何处都在静谧地运动,不定哪一天会突出地表。

问:在爱荷华,陈映真曾尖锐地指出"不要为了反对妈妈,故意反对!"反对什么呢?

答:我想:"故意反对"可能就是一种叛逆的盲动吧,找碴儿似的搜索对立面,然后出击批判的武器。那时候,我们掌握许多思想武器,从启蒙运动人本主义到现代主义结构哲学,这些一股脑涌进来的百年西方思潮,半生不熟的,全拿来用作否定前辈,很过瘾的,谁也喝止不了,非要等成长以后,亲历以后,才会静下心,重新评判前辈们走过来的道路。母亲那一辈的写作即便是在极大的限制底下，但是依然保持艺术正直的秉性，将个人主义人性纳入共产主义许诺给他们的理想。这种远期目标自有一种好处，就是对现实处境的原宥，同时，脱离庸俗人生。

现在，面对当下文化思潮的种种流弊，哪一种不是来自当年知识批评的新教条？进步总是迂回曲折地前行，从极端走向极端，最终找到合理的方向。从封闭中突然释放的自我，难免过度扩张，其实是又一种意识形态和话语霸权。虽然是前人走过的老路，如不亲自走一回，永远不会知道能不能走远。说是踩在巨人的肩膀上，哪里是那么轻易被驯服的，每个人都有一部思想史，自圆其说。

问：你在《茹志鹃日记（1947—1965）》注记里多次用了"乌托邦"概念，你的《乌托邦诗篇》《英特纳雄耐尔》专书专文写"怀念"陈映真，不以辞费。看你写道："我从来没有赶上过他，而他已经被时代抛在身后……"真让人心碎，可以谈谈离世不远的陈映真吗？向他获第二届花踪世界华文文学奖致意的《英特纳雄耐尔》，几乎当着他面说，他对你"小说不甚满意，具体内容不知道"，现在，知道了吗？你又写，"二十年来，我一直追索着他，结果只染上了他的失望"，什么失望呢？怎么可能让他失望？如果可以跟他正式道别，你会说什么？

答:2016年,陈映真去世,出殡那一日,我正在北京,不期然地赶上为他送行。然而,这只是一个仪式,并没有预期的哀戚,心情也很平静,仿佛这是个很久的事实了。倒是意外遇见蓝博州有一时的欣喜,他在北京大学驻校执教,也赶上了。我想,这个人终究影响了一些人,以误解为代价。他属于那一类人,对世界有着更重要的使命,小说这件事只是阶段性地成为他的舟筏,很快就弃在身后,快步走向前方。小说对于他的使命,太轻浅,太世俗,太软弱了,他需要更有力气的掘进的工具。但我又想,如果他不是从小说中走来,也许从政是改变世界比较方便的途径,可文学的性情绝对妨碍他做一个政客。

我想他对我的失望不只是对我一个人,也许是对一伙人。听一段八卦,说他问一个大陆作家,怎么认识"人民",作家回答道:我就是人民!当然这是个俏皮的说法,很巧妙地回避了陈映真问题的严肃性,他的"人民",当然是在启蒙语境里的"人民"。我想,对这个问题,我也是答不上来的,但不会这样回答,我是他所失望的人群中,比较不那么机灵的一个,就像你说的"小学生认真"。

从陈映真患病的2006年,到2016年离世,十年里,他虽然不说什么,但我想他应该知道,世界在继续着一件一件应验他的预言,却不会让他高兴,只有更加失望。我想,他一直期待着一件意料之外的事情发生,这大概就是理想主义者的执念。

问:你们一家都是文字工作者,是难得的文学家庭,平常都谈文学吗? 受什么影响,你们都走上这条路? 有没有想过合写一本书?

答:我们这个文学家庭还有一个共同点,就是都没有受到正规的学校教育。父亲在新加坡读到中学,因家道衰落辍学;母亲更惨,出生就是家业破产之时,连温饱都勉强,断继续续在亲戚周济下上几日学,又在基督教会读一些《圣经》,再就是战时后方学校,避难加求学;我呢,小学未毕业,"文革"开始,学校全面停课,其时并不觉得凄惨,反而轻松,因为即将来临的中考可以躲避,社会秩序破坏总是令少年人兴奋的,仿佛有什么大事发生,任何事情发生都要比现状更好似的。

新加坡的华人总是接近"左翼",尤其像我父亲那样不得意的青年,"左翼"又总是文艺的,正逢日本侵华,戏剧是最接近济世的形式,于是投入抗日戏剧的运动,从此开始他一生的戏剧事业。母亲大概是天生,也大概是成长时候,受上海文化环境影响,她热爱文学,少时就写文章投稿,竟有录用。倘若生在小康家庭,不定会成为张爱玲苏青一类的女作家,人各有运,生计和境遇引她走另一条路。在苏北新四军根据地,与我父亲认识,可说志同道合。

从父亲在"反右"时候的遭遇,母亲立志不让儿女从事人文类职业,小学里,我的作文常受表扬,被老师当作范文张贴,却也不使母亲满意。她对我们的期望是工科技，做医生，可惜"文革"让她的宏愿化为一场春梦，我和姐姐不止失学，还都下乡。就此，母亲退而求其次，做一名工人——"文革"中她到工厂劳动，在老师傅指导下，亲手车了一颗螺丝，心情非常满足，得知世上有一种更为实际的劳动，种什么得什么，而小说，文学，艺术，则是虚无。姐姐后来如她所愿真进了工厂，做了一名铣工，可惜流水线很快使她生厌，生产废品不说，还毁坏了宝贵的机器，这对母亲是一个警醒，那就是她养育的女儿们，严重缺乏生活劳动的能力。

当我在农村陷于苦闷，母亲终于想出激励我的办法，那就是写作。她说，将你经历和看见听见的人和事记录下来，倒不是素材的积累，因她并不以为我会做一名作家，那时节，如她这样的作家都已经停笔，少不更事的我们又有什么指望？只是，文字也许会使我快乐一点，比较轻松地度过这段人生困境。这是面对现实的妥协，也不外是对自己写作生涯的怀想，就仿佛曾经沧海难为水，螺丝的工艺固然很了不起，可文字所创造的世界也很神奇，她从那里走过，说要放弃哪能放弃得下！

问：你曾说自己是"写作女工"，但孜孜不倦写了这么些年，仍在写而且不断超越，这真是"写作之谜"。可否说说你的写作理念、作息？有没有写作时间终线？有没有想写而还没写的书？

答：写作已经成为我生活的常态，每天上午，总是写作，下午则看书休息。这是中年以后的作息方式。年轻时候,是猛写一气,然后放空一气。到了现在,就是细水长流,节制有规律。所以,我的写作并不辛苦,但是持之以恒。

你问到想写而没有写的,情况正相反,我总是等米下锅。写的欲望总是饱满的,但材料总是不足。随着写作越来越挑剔,可供写作的材料也越来越紧缺。

至于"写作时间终线",是个好问题! 有一次,作家张承志很严肃地问道:你准备什么时候不写? 我们经常回答的是"什么时候开始写作",现在,"什么时候不写"也到了回答的时候。如果一定要我回答,那么就是,写作不能给我乐趣的时候,就不写了。

2017 年 2 月 9 日　上海

《考工记》答问一

提问：李屏瑶

问：《考工记》是围绕修葺房屋展开的故事，老宅处处都有来历与源头，为何选择这个切入点？老宅的故事是何时触动您，您又是如何决定"此事当写"，书写的源头通常从何而起？

答：应该说，老宅子是写作的起因，也是小说的基本材料。材料始终是我写作的困顿，向内走的性格限制了从外部攫取经验，同时呢，随着叙事美学的认识加深，对材料也越来越挑剔，不容易满意。一方面要求超越感性，另一方面则必须和感性有所联系，方能够激起书写的欲望。这种悖论听起来不可调和，实际上呢，我以为正是小说写作处境的常态，我们就是在悖论里求出路，大约就是俗话说的"钻牛角尖"吧！

这座老宅子确有其事，坐落在上海旧区的狭弄里，人口密集的老城厢有着阡陌纵横般的狭长街市,这条街的名字叫"天灯弄",不知来自什么典故。上海的地名,不只是空间的概念,还有时间上的,带有城市发展史的意义,且是另一个话题。以我有限的观察,似乎老城厢是现代城市上海的史前阶段,它保留着原始草创的遗迹。它的街道不像租界地用洋文冠称,之后也没有演变成全国的地名;也不像江湾地区,至今沿袭国民政府新区规划的雏形,以"国"和"政"字起头,它的地名,多是出于用途,类似北京的胡同,区别在,京城是以供奉宫廷的分工司职为题,这里呢,则体现了商贸关系,比如沿黄浦江自上而下,"咸瓜街""豆市街""花衣街""芦席街""会馆街"等等。这条"天灯弄"在城墙东门内,遥对江面,推想当年,商船由海口入长江,往岸边徐徐而来,滩涂一片平展,那座老楼堪称巍峨,黑夜中的光明,仿佛海上生明月,不是"天灯"又是什么? 从上世纪 80 年代,我就进出这座老宅,与主人交往,但是,单凭这些远不能化实有为虚构,还是要等待机缘。

问:您曾经说过,书写的形式跟表现,都是根据具体情形得来,书中的上海"西厢四小开",朱朱、奚子、大虞和陈书玉,家里分属旧时代跟新潮流的职业,为什么会做这些选择? 在考究职业上,又是怎么下功夫的?

答:2016 年,在纽约大学驻校,上一年写完长篇《匿名》,按惯例,总是写一些短章,调整节奏,于是就写了《乡关处处》和《红豆生南国》,回来后又写了《向西,向西,向南》,计划再写一个中篇,聚集一本,但中途因记叙纽约印象,又突发书评的兴趣,出版社则认为以上三个中篇亦可成书,于是,这一个就搁置下来。直到下一年,也就是2017年的下半年,即兴的计划都做完,安静下来,偃息的欲望就又抬头了,但是,材料的问题随之而来,那就是,写什么。这一年乍暖还寒的季节,无意中看网上消息称,天灯弄的老宅向公众开放,凭门票而入,似乎已成景点。趁一个星期日去了,却吃闭门羹。老弄还在,旧宅也在,外观却残破得可以,毫无修葺的迹象。向邻里打听,个个讳莫如深,不愿多说一个字,只得怏怏然离开。旁观周围,多是拆和建,城隍庙和豫园一派欣欣向荣,可所有的新气象却都绕过这里,即便同一条天灯弄里,这一点那一点亦有几处变革,唯那座老宅子,自生自灭。不由好奇心生,找一位老李——《考工记》中的老李就有他的影子呢!老李他曾经任职旧区父母官,我在其任下挂职文化局,更重要的是,老李也是文学同道中人,因此结成忘年。老李动用旧属,开通现任,约定又一个星期日,再次前往。房主已经去世,女儿留住,出售门票的就是她。

老人曾经给过我一张宅子的平面图,是他自己绘图并刻制,许多年过去,数度搬迁,无论怎样翻找搜寻,终也无果。向他女儿索讨,他女儿压根儿不知道这回事,此时此地,地上物近乎全毁,颓圮成废墟，无从推测结构，连方位都模糊了。当时我决定写一篇关于老宅命运的小说，却没有任何细节供参考。沪上掌故类文史中，所存的记载又极少，形势变得犹疑，不知从何下手。茫然中，忽在一本旧书中读到百来字小文，写的是十六铺码头，追根溯源，那初创者就是老宅子的房主。我不能确认这本杂忆类的书籍是信史，也许只是坊间风闻，无论如何，因它而起，人和事浮出水面，宅子退到幕后。这幅缺失的平面图似乎在暗中指引，指引我向小说的本意接近，那就是写人写事。《天香》也是这样，绣艺是舟船，承载着人生世事，随时间流淌。偌多年写作的经历，不免会有一些天命的观念，觉得冥冥中，有无形的力量，左右你的选择，选择对了，事事都在帮你；错了，则一事无成。

问：您曾提到，写作是"无中生有"，找不到边界与路径。您是如何处理《考工记》的走向，如何确定这些人物漫游的轨迹？书写过程中有特别痛苦或是艰难的时刻吗？

答：小说是现世的艺术，"无中生有"的"无"是以总量计，具体到细部，还必须"有"。换一种说法，就是"有中生有"，但这"有"不是那"有"，此"有"非彼"有"。前者是"实有"，后者呢，大约可称"无有"。就像方才所说，一旦决定，或者说发现，是写那宅子里的人，事情就变得有迹可循，那人自己就在向你要求，要求来历、去向、交游、遭际，这就是你要做的功课，编织谱系，空间的和时间的。空间是前定，那所老宅子。时间呢？简单说，故事从哪里开端，这就和人有关，也和叙事的立意有关。那位老先生的音容那么生动，活动在一个废园里，让人伤感，又有一股子谐谑，然后是更深的伤怀，不期然间，满足了我对材料的要求，超出感性，又触动感性。我无意写"眼看着起高楼"，亦无意写"眼看着宴宾客"，我有意——其实是只能够"眼看着楼塌了"，因这宅子就是在这时节与我邂逅。我让那人，即"陈书玉"从大后方回到家中，家人们各自逃难，留下一座空楼，叙事由此起头，时间和空间终于交集，以后的事情就好办了。

写作中的困难还是在那座宅子，中间有几次不甘心遗失那张平面图，启动搜索，可是，没有了就是没有了，仿佛有一只无形的手将它收走了。等初稿完成，那时候正在香港中文大学驻校，春节放假，餐厅和校车关停大半，就去到广州过年。广州那地方，竟还保存着许多旧屋，祠堂和宅邸，提供了中式建筑的格式与装饰。广州和上海都是商贸城市，望族以富户为主，风气艳丽繁荣。可此时，小说写成，建成一座纸上宅子，自给自足，很难介入新的因素。走在这些修复的老宅子之间，反觉得它们是虚构，我自己的，才是真实。

问：上海始终是您写作的对象，《长恨歌》是城市与女人，《天香》回到上海的史前时代，《考工记》则是老宅与男人，您的上海

214

考古学下一步计划跨往何处?

答:在某种程度上,上海是我唯一的材料。我不说我是写上海,面对一座庞大的城市,没什么可商量的,怎么可能去写它,你只能被它写。当我初始写作的时候,个人的近期经验积蓄得满满的,知识青年下乡,乡村的农家,社会批判,青春反思,壅塞了认识和表达,但等尘埃落定,生活和感情归于平静,进入职业化写作,创造的欲望上升为动力,应该说,材料的问题就在这时候来临,上海也随之来临。应该感谢上世纪80年代兴起的寻根文学运动,它将我们纳入潮流,汹涌澎湃,勿管有根没根,一股脑儿追寻而去。那时节,我写作了《小鲍庄》,以此加入队伍,没有缺席进步,事实上,我也清楚了自身处境,我只是历史中的个别,休想以自身映射全局。近代上海在中国历史主流中可谓意外之笔,它不够长,也不够宽阔,它在中国的广阔地貌的犄角旮旯兀自生长,这就是我的无可选择之选择。我其实一点不喜欢它,先前是因为它的冷清,如今则是过热,前者是"五四"新文学中,它非启蒙亦非被启蒙的暧昧身份,恰是这暧昧,在小资产阶级兴起的时代里,成为显学。它没有高古的往事,雅致的语言,优美的世情,空明的精神,这都是文学和艺术的大忌。可是我只有它,怎么办? 唯有服从现实,不是说"从有到有"吗? 这就是书写上海的出路吧!

刚刚写完这一部,下一部还不知道在什么地方,所谓"计划"都是事后的说法,之前,总是"白茫茫大地真干净",就在空茫中等待,等待机缘来临。

问:您在跋中写,世事往往简单,小说应该有另一种人生,在个体中隐喻着更多数。您认为小说的人生该容纳哪些,才称得上是好的小说?

答:应该以价值论吧。过去我们喜欢用"典型"的说法,这说法挺好,以量取质,确是称得上小说的理想。但我还是有些不满足,因是可应用于一切社会科学,小说的性格却是在科学以外的。

我的设想是,小说的意义在于它为无名的存在画像。这世界在不断地被命名,被语言物质化,小说却是立足乌有。文学史将小说中的某些因素转化为概念,比如福楼拜的"包法利夫人",纳博科夫的"洛丽塔",已然进入词汇表,贾宝玉的"意淫",可是,我依然怀疑这些命名能否覆盖,它只能指涉其中的一部分,全部的内涵遮蔽在命名四边绰约的影调里。好比天然钻石和人工钻石,人工钻石模仿自然环境,制造的条件只是能够分析出来的那部分,也许更本质性的部分却被造物神秘地隐藏着,天机不可泄露。小说也是模仿,模仿的是那被隐藏着的,分析不出来的,无法归类的模糊地带。难就难在无法命名的存在却要使用既定的命名,不这样又能怎样?共识是那样强大,具有排斥力,就像一面筛子,形和形而上,一旦生出,便经过筛眼,留下的留下,留不下的滤去,被风吹散,转瞬即逝。小说的工具是共识,表达的则是共识淘汰的。

它既是世情，又不是，就仿佛海市蜃楼，经过光和水汽的折射，成为另一种人间。

问：您说喜欢看推理小说，您在阅读推理小说时，最在意的会是什么部分呢？

答：推理小说的理趣是我最最着迷的。我着迷它的形式，从现实里来，抽象成逻辑，再回归现实，就有了具象的面目。

推理小说中我特别喜欢阿加莎·克里斯蒂，就是因为她的具象性最生动。她的凶杀案总是发生在日常的场景中，让人兴奋，平淡的生活里其实密藏着危险呢！无论是犯罪还是破案，她也都因循普通人事的因果关系。她的小说好看，好看是小说的基本伦理。年轻的时候，出于狂妄，对读者抱藐视态度，无视下情，其实不只是违反小说的原则，也违反了我们自己写作小说的原则，我们不都是因为喜欢读小说才决定写小说的吗？我常常想，小说从什么时候变得不好看的？也许是学院派的文学批评改变了它的基因？如今，倒是类型小说保持着好看的遗传，可是仅仅有类型小说又不能满足精神的进取，这也是思想启蒙运动给小说添加的负荷，让写作者陷入两难。

问：写作是寂寞的劳动，如果劳动真的太苦，你会如何克服？
答：所以沉迷写作，也许就因为喜欢独处的天性所致，寂寞从某种方面来说，使人感到安全和自由。写作者大多有一点自闭的倾向，害怕人群，害怕外部生活，疏于行动，就像贝类生物，栖身在壳子里。

写作的劳动是辛苦的，但不是一般意义上的"苦"，它是一种苦"乐"，倘若不是领悟到其中的快乐，完全可以转身离去——有很多人离去了，有的人一去不回，也有人离开了又回来，还有，就像我这样，一直不离去，一直享受着"寂寞"的乐趣。

问：您有关注的台湾作家吗？有没有喜欢的台湾小说？

答：台湾的作者和写作，我始终注视着，他们比较我们，教育程度更高，中国古典传统和西方现代主义，都更受教养，领得先声。早在上世纪80年代，我就写过一篇文章，题目为《大陆台湾小说语言比较》，台湾方面，以宋泽莱小说《打牛南村》为例；2000年以后，我写朱天心《古都》阅读心得《刻舟求剑人》；骆以军的《远方》阅读后写下的《纪实与虚构》。我格外喜欢朱天文的《花忆前身》，它写了一个文学世代，才情漫溢。今年，在香港中文大学授课，同学们热议《房思琪的初恋乐园》，于是也找来看了；同学的阅读报告中，有写吴明益的小说《复眼人》，从报告中看，是一部隐喻性很强的小说。总之，我很留意在另一种文化语境里的同行们的动态，它拓宽了华语写作的幅度。

补充问题

问:想问老师在上海最喜欢的地方是哪里? 原因是什么。

答:上海变化很大,尤其近二十年里,并且还在继续变化,几乎很难找到自己熟悉的地方,满目新奇,来不及和经验建立关系。于是就去回忆中寻找,俗话说"怀旧"。"怀旧"成为艺术和时尚的一大主题,多少是在虚构,虚构时间和空间的交集,存放情感。事实上,回忆是不可靠的,变形得厉害。我自小生活的地方,应该说是最喜欢,一旦去到实地,那喜欢立刻崩塌,一是消逝,二是颓圮,是落魄潦倒的同义词。都市人差不多都是流浪者,搬迁频繁,时间在空间的转换中加速流淌。

我真说不出这城市的某个地方是我喜欢的,它越来越"炫",越"炫"就与我越远,个人的生活很远地孤立地进行。客观地看——就是这样,你和它的关系越来越客观,客观看,它比大陆其他城市更具现代性,体现在它的秩序和纪律。可是秩序和纪律背离艺术的本意,约束着想象的活动,同时呢,它却为想象提供安全。这就是虚构者的悖论,我们的精神很狂妄,现实生存中却是低能者。

问:可否请老师谈谈自己的日常一天。

答:我的日常生活很规律,因而就平淡了。每天上午写作,下午休息,晚上继续休息。真是毫无戏剧性可言,在外人的眼睛里,要多乏味有多乏味,内中的乐趣也难和外人道。关于这个问题,实在没什么可说的。作家阿城说过,我们这种人,是将人生托出去,托给了小说,所以,就到小说里窥视我们吧。

2018 年 9 月 14 日

《考工记》答问二

提问:《报导者》记者房慧真

问:上一本小说《天香》您写苏州园林,开章《造园》极尽晚明奢靡的华丽能事。《考工记》您依然以建筑为基底,写建造于道光年间的贵胄宅邸"半水楼"。园林与建筑是您近几年的关注所在吗? 为什么会想以古建筑作为您的小说题材?

答:之前我倒没有想过"建筑"的问题,现在被提示,就想可能是因为城市的空间的性质吧,它是被人工划分和规定的,就像一个舞台,我在《长恨歌》的开头,不是大写弄堂吗? 还是从故事出发,但产生的过程不尽相同。《天香》的园子是为天香园绣制作的,这一回,则是先有宅子,再有人物。这一座老宅,树立在上海现代城市里,越来越脱离实际用途,变成一个象征。问题是象征什么? 或者说,什么样的事实才不至辜负它的象征。

现代小说几乎是建立在隐喻上的叙事,《百年孤独》开端第一句"多年以后,面对行刑队,奥雷里亚诺·布恩迪亚上校将会回想起父亲带他去见识冰块的那个遥远的下午",从此,这个句式就遍地蔓延开来。"冰块"担任起重要的使命,什么又不能呢? 只要有诠释,隐喻便俯拾皆是。可这老宅子是那么巨大的一个存在,即使放弃隐喻的作用,单是本身,也不缺乏故事的资源。从另一方面说,单是故事又不够,坊间的流言也是故事,没有隐喻的拓展,可说是浪费资源。《红楼梦》的宝黛关系,倘若不是还泪的前缘,就有落入传奇话本窠臼的危险。

这个老宅子,在眼前流连,前后有三十年的时间,一直在等待里面的人和事活动起来,形和形而上邂逅,需要机缘,也需要主动性,我不敢说这是最合乎造化本意的邂逅,但至少在我,是努力试图接近它。

问:您曾说过:"以最极端真实的材料去描写最极端虚无的东西。"《考工记》,由物件去写"文革",半水楼不用铆钉,以精巧工法镶嵌,不毁的工艺反成祸害,宅子一日挺立,惶惶的威胁就一日存在,于是主人特地迎进金克木、损害根基的瓶盖厂,克了府宅才得以全身而退。请问您为何不直接写人写事,反而由对象去侧写出动荡时代的心灵图像?

答:这是由故事本身决定的。宅子有了人的活动方才得以涉入世情，人有了宅子则获取行为的动力——陈书玉的一生都是在这宅子里度过，就像寄生蟹的壳子，当然，这是写作者我规定的情景，倘若不是他，可以在宅子外面演绎历史，可我不就是写他吗？前面说了，这宅子具备隐喻的资源，经历世事动荡，最终能够幸存，仿佛从历史的缝隙漏出来，又从社会的缝隙漏出来，正史的滚滚波涛底下，也许还有隐蔽的暗流，将一些琐细的成因保留下来，在某些特殊的时刻，沉渣泛起，呈现另一部书写，说它稗史也好，野史也好，坊间流言也好，说不定黄钟大吕的回音里，也有它的一丝声线。

再说了，小说本来就不对信史负责，它就是流言制造家。但是，这种对时代进程的规避需要现实的条件，这就是世俗的小说必须遵守的纪律，1958 年"大跃进"，许多小型工业在民居里开办，事实上素材中的这宅子，就曾经被一爿街道小厂征用，可以说就是历史的漏隙。小说成稿后，我从驻校的香港去到广州过年，看了许多祠堂和旧宅，惊喜地发现它们竟有这相同的命运，大时代从正面走向它们，无意间却又绕过它们，使它们有一种遗世孑立的表情。

问：在《富萍》中您写活了在上海帮佣的保姆，《考工记》您写的是上层阶级的公子哥"西厢四小开"。改朝换代翻天覆地，您写底层人的嫉恨与泼辣，也写有产者的懦软与退惧，两种阶级在书中其实不那么判然分明,尚能和谐共处,您如何拿捏大整肃下对立阶级之间的幽微地带?

答:上海是近代兴起的城市,四百多年前还是一个小渔村,几乎是在一夜之间换了人间,海上生明月,社会发展史在这里被压缩了,阶级轮替的周期极短,坠落和上升都在疾速发生。巴尔扎克的《贝姨》里面,那个老贵族——其实也是买来的爵号,和一个又一个女人偷情,这些女人可以组成梯队,一个比一个年轻,同时一个比一个阶层低,反过来也可以认为,一个比一个野蛮,一个比一个爬得快。中国的革命也许调整了序列,但是还有一个更巨大,可说笼罩所有人类历史的规律永远在推动变化,中国有一句老话,六十年风水轮流转。除去抽象的运势,还有具体的性质,那就是力量的比对,按自然历史的说法,就是物竞天择。个别的人和事看起来是孤立的,但是,也许呢,也许应该纳入总量的计算里。中国还有句老古话,尽人事,顺天命,从这个角度看,个别性又不尽是个别性,它只是曲折地通往历史的走向。小说的对象是个别性,但不是所有的个别都有进入小说的价值,我们要的个别性,是有辐射能量的,辐射的半径越远越优良。不要小看个别性,有时候,它能超出历史,预先到达前定的目标。

问:无论是《天香》还是《考工记》,其中都有大量园林造景以及木作工法的行内知识,请问您在写书前读了多少数据?准备功夫如何？

答：这是我的弱项，除去小说之外，我没有任何别项技能可以提供材料。唯一的好处是我对所有的技能都有好奇心，《天香》和《考工记》里，凡涉及具体工艺的部分都是我最生怯心的地方，简直无从入门，能指望的只有读书，但书也不是好读的，谁知道哪本书有我需要的东西，而我又意识到，有些人、事必从工艺技能发生，比如《天香》里的绣艺，《考工记》里的营造，资料是必需的，资料却也缺乏生动性，平时的无意间的遇到其实比资料更派得上用场。许多年前，在苏州一带的乡村里，看家家户户门前都架着绣绷，女人们从城里绣花厂领了活计，种田回家，奶过孩子，灶头忙完，洗净了手，就坐到绣绷前拈起绣花针。她们有一个共同的名字，就是绣娘。你说她们和《天香》有关，可小说中没有一人来自她们；要说无关，似乎处处都有她们的身影。《考工记》的那幢宅子，我在草稿本上画了个四不像，只有自己看得懂，事实上，是为人物活动做舞台装置，细节就不能追究了，中国的住宅有许多讲究，好在是上海新世界新人类，有什么差池用一个"新"字也盖得过去。

问：台湾近年时常上演古迹保存与都市更新无法两全的难题，《考工记》最终的古宅修复也没有着落，能否请您谈谈您所生活的上海，目前的地貌改变状况？

答：上海的地貌改变得厉害，并且还在继续改变，市政规划加上商业开发，这两项又处在动态中，所以，变了又变，旧时的遗留零散在各处，东一点，西一点，不成气候，只显得衰败。还不如全部拆掉重建，但又受制于开发商的资金。旅游业收集了一些故地，比如当年法租界的西区街道，至少在局部留下一点上世纪开埠时期西风东进的遗韵，但从整体看，不过是嵌在高楼谷底的几道裂隙。新中国成立之初举力建造中苏友好大厦，当时几乎是城市的制高点，塔顶上的红星照耀黑夜，走到哪里都看得见它；现在，高架桥从顶上穿越，它也陷到谷底。我觉得最能代表新世纪上海的地方是浦东陆家嘴，美国好莱坞电影《碟中谍》，还有 *HER* 就在其地采景。这两个电影的采景带有象征意义，意味着上海已经变成想象中的未来世界。

问：如果写作是一门技艺的话，您是否也把自己当成是一个手艺人？能否略述一下您平日的生活作息、写作生活，如何日复一日磨炼出这门技艺？

答：写作确是一门手艺，但是和其他手艺不同，它很难总结归纳经验，形成规则，但并不是说它没有规则，它的规则不是显学，一旦说出来，就无效了似的。掌握的方法因人而异，在我，就是读和写，有一点练习的意思，一天放下，就要用两天拾起来；却也不完全是，还像是概率的概念，大量的基数之中产生出来一点价值，在别人，就是灵感吧。我不依仗灵感，但凡职业写作，大约都不能依仗灵感，那太玄了，写作不是超感的事物，还是用"概率"的说法吧！

我的生活很简单，每天上午写，即使不写小说，也写别的文字，回信啊，笔记啊，或者就像现在，回答问题。

问：您在书中提到"文革"斗争带出的戾气，连最避世的人都不免沾染。如今来到群魔乱舞的网络时代，对于擅用社群媒体的新一代写作者，您是否能给一点建议？如何才能沉得住气，不为"戾气"扰动？

答：现代化其实就是大众化，网络是更大众；民主社会的结果，也是启蒙的结果。生活在变得粗糙，我们是经历过群众运动的一代人，领略"群众"的力量，但也相信文明的驯化力，物质的平均富足会教养人性，调和尖锐的冲突，对前景我是乐观的，也许要经历一个过程，还要付出代价，那就是原始的野蛮的原动力。

2018 年 9 月 21 日　上海

2018 版《母女同游美利坚》答问

问:首先让我们来聊聊您的母亲,茹志鹃老师。

我想从茹志鹃老师在 IOWA(爱荷华)日记中记载的一次您对她的"不屑"谈起。因为第二天要做菜招待聂华苓夫妇和其他朋友,所以决定去附近的超市买猪排做茄汁猪排。她本来要和您一起去,您执意不肯。于是茹志鹃老师在日记中写道:安忆一定不要我去,说她很快去买了就回来,好像有点嫌我累赘,我也就算了。不过也有点担心,"伊格尔"是把牛排和猪排放在同一排冰柜上的,怕她弄错,便嘱了一句:"不要买了牛排回来。""嗯!"她不屑一闻地走了。

这种不屑甚至反叛,似乎是很长一段时间以来您对父母这一辈人的一种态度。虽然我举的例子很日常,但好像从更大的层面上看也是这样的,您能具体谈谈这种"不屑"吗?

答:我想,这里的"不屑"其实不是"不屑",恰恰是格外的在意,以"不屑"来抵销承继关系里的压力。我企图摆脱母亲,想象自己是独立来到美国,而不是跟随母亲,在母亲的荫庇底下。我总是强调我与母亲的代际差异,有一次陈映真看我抢白母亲,甚至不让他们好好说话,很恼火地说:不要故意反对妈妈!"故意"两个字可说击中我的软肋,一言以蔽之。在同是写作者的母女之间,青春反叛已经超出自然生理的期限,进入思想的克难阶段,变得尖锐。

问:对于您母亲的写作,我看到去年王德威编的《中国新文学史》里您写了专文去谈,那是一本按年代分章的书,您的文章落点在1962年,可以谈谈为什么选择1962年吗?在这篇文章中有一个关键词是"irony"(反讽),而这个词在我理解,似乎是对茹志鹃老师写作生涯与她所在时代之间关系的一种概括,但如果真要落在具体的分析里似乎又显得暧昧了,比如如何看待上世纪60年代《逝去的夜》与80年代《她从那条路上来》。能具体谈谈您的看法吗?

答:这篇文章是主编王德威的"命题",他分配我写母亲的创作生活。1962年是母亲的黄金时代,在期刊和出版有限,审查严格的当时,单是这一年,她就发表了《第二步》《给我一支枪》《逝去的夜》《写周记》四篇小说以及若干散文随笔,同时出版了小说集《静静的产院》。在这写作活跃的同时,个体叙事和集体话语的关系也变得紧张起来。我们这代人是携带着批判武器登入写作场域的,过激的否定意识难免遮蔽前辈的精神世界,如今回过头去,重新审视他们的文学命运,百感交集。记得在美国旅行的时候,在一所大学讲演,有一位来自台湾的学生说:你母亲和你,前者从"大我"到"小我",后者从"小我"到"大我",是极有价值的经验。母亲的《逝去的夜》和《她从那条路上来》大约可视作从"大我"到"小我"的一路风尘。

问:在您母亲的写作中有一个词总是绕不开——"家务事,儿女情"。她在 IOWA 日记中也曾谈道:60 年代初就有人冠我以这顶帽子,并把它和小题材画了等号,和"中间人物"画了等号。我内心是很想不通的。

她在上世纪 80 年代为此专门写了两个短篇分别取名《家务事》《儿女情》,以表明以小见大照样可以平地起波澜。但是当她看见台湾作家总是以夫妻、情人、兄弟、姐妹、婆媳、母子作为写作对象时,却也会很警惕,觉得有"套"感。我感到她的心里是有矛盾的。您是怎么理解您母亲在写作中处理"日常生活"或者说"私"的领域的问题的?

答:茅盾先生对《百合花》的表扬对我母亲极其重要,意义不仅在于这一篇小说脱颖而出,更是为母亲的写作正名,因而得以跻身宏大历史题材的边角地带,让她笔下的小人小事在社会进步的革命中占有一席之地。个人情感体验和主流意识形态如何协同并进,始终是他们这一代写作人最严重的焦虑,关系到安身立命。这在很大程度上消耗了想象力和创作才能,但也使他们对庸俗化保持警惕。美国左翼作家斯泰因——就是为海明威们命名"垮掉的一代"的那个人,她说过这样一句话:个人主义是人性,共产主义是人类的精神。我就用这句话来注释母亲们的努力。

问:记得在您的一本书里看过,好像是《启蒙时代》,说我们通常不会从身边人身上产生历史的兴趣。但其实对于您的母亲,早在1993年的《纪实与虚构》,您就已经有意地去探索母系家族的起源,虽然那是一种神话式的想象。但是似乎那种"不屑"没有了,换之的是一种沉思。这是有意识的转变吗?如果是,那这种转变的源头始于何时?在您的写作生涯中,母亲对您意味着什么?

答:《纪实与虚构》与其说是历史的兴趣,不如说是对存在的好奇。母亲的家族史——大部分是杜撰,城市人都是没有原乡的人,从历史的断裂处爆出来,所谓的家族史,只是做我完成文本意图的材料,我的意图是从"我"的虚拟中寻找"我"。这是我的小说中极少数以抽象命题做情节的写作,很难视作对前辈认识的转折点。这也是我们虚构者常常使人迷惑的地方,不能全拿我们的话当真。

问：今年是茹志鹃老师逝世二十年。在 1999 年她刚刚离世的时候，您在《从何而来，向何而去》那篇文章开头曾写道："现在，我还不想写我的妈妈。"二十年过去了，时间让我们的身边事渐渐变成了历史。以今视昔，以后有可能再写有关母亲的东西吗？

答：我母亲本身就是一个作家，谁写她也莫过于她自己写。所以，多年来，我陆陆续续整理她的日记、笔记、零散文字、未完成书稿，从中找寻和发现，然后呈现她的人生。方才说，母亲的写作在约束中进行，最后实现为成品的数量很有限，但她留下数倍、数十倍尚未转换成艺术的文字，我们也许能够从中看见她，看见一个写作人跌宕起伏的生涯。

问：现在我们谈谈 1983 年的那趟美国之行。

1983 年，中国刚刚从"文革"进入改革开放不久。你们也是第一次去美国——曾经的"资本主义大本营"。这是您第一次出国吗？在出发之前，您和您母亲分别处在什么样的状态中？

答：1983 年，从时间上说，距离"文革"结束的 1976 只有七年，但对共和国历史，可说翻天覆地，是"文革"开始前的十七年都无法比拟的。而母亲则进入了又一个黄金年代——1977 年，发表了小说《出山》；下一年，发表小说《冰灯》《小星和他的娘娘》，重新整理出版小说集《高高的白杨树》《百合花》；1979 年，写作了

《剪辑错了的故事》和《草原上的小路》,这两篇小说奠定了母亲在新时期文学中的位置,前者获得当年的全国优秀短篇小说奖;上面提到的《儿女情》和《家务事》,就是在之后的 1980 年写作,意味着她将日常生活正面引入小说的审美领域,这原是小说的世情本质,却经历革命性的挑战,方成正果。然后,母亲开始写作自传体长篇小说《她从那条路上来》,计划中的第一部顺利完成出版,第二部在进行中,她就是带着写作中的草稿去到美国。前面说过,出国,即便出访资本主义体制国度,于母亲并不是新鲜事,而我却是第一回走出国门。那时候,我的短篇小说《本次列车终点》获得了 1982 年全国优秀短篇小说奖,出版了两本小说集《雨,沙沙沙》《流逝》,第一部长篇小说《69 届初中生》正在《收获》杂志编辑部的办公桌上,接受审阅。我没有带任何写作计划去美国,只带一双眼睛去看,看个够!

问:在美国,您和茹志鹃老师的状态可以用"一动一静"来概括。茹志鹃老师似乎更想待在"五月花"或是和朋友聊天。而您主动参加了很多活动。我想这和您前面说,想象自己不是跟着母亲而是独自来到美国不无关系。除此,似乎您也有意选择更多地接触中国作家以外的圈子,比如美国年轻人。用聂华苓的说法,"活动之余,才来参加中国作家的聚会","独立在那一刻而看外面的世界"。那时为何会给人一种"摆脱"中国的感觉?

答:我每天都出门,越过公寓前的车道,沿爱荷华河走去,期待能遭遇传奇,有新发现。可是,爱荷华那么寂静,田野平坦广阔,往哪个方向看,都看得到地平线。它是美国的腹地,很多年以后,我才意识到,这才是真正的美国,仿佛身处东海岸走向开发西部的道路上,永无尽头。没有奇遇发生,只有树林子,绿草地,玉米田,遇到一个垂钓的老人,向我喊了一句话,我也听不懂。

母亲呢,她尽情享受清闲与安宁。在上海的家中,公事私事,千头万绪,那时候,作协还未完全恢复,母亲正被考虑主持工作,回去不久,事情果然落在她头上。在我看,这项任命打断了她重新活跃起来的写作生活,然而,静下心想想,写作对母亲的压力越来越大,她越来越不容易使自己满意。有一次,她为出版社选编小说集,看着过去写的东西,她说道:我以前写得真好!这话里有多少感慨,一言难尽。这是公务。家务呢?我母亲真就是个操心的母亲,儿女心特别重,在"文革"中,她经常做的一个梦,就是带我们出去,丢了这个,找不到那个,我和姐姐下乡之后,她的心思全放在把我们招回来,等终于都到齐了,我们又都大了,不像儿时容易管理。曾经有一本北方的生活类杂志约母亲写业余生活,母亲写的是一日内的忙碌,安排饭菜,照料外孙,杂志要求的业余生活是养花喂鱼,写字画画,雅兴一类的,所以就偏题了,没有采用,我至今也没有看到这篇文章。可母亲的业余生活就是这样,开门七件事,柴米油盐酱醋茶。现在,到了爱荷华,耳目清净,雅兴不是一日两日能培养的,但写作人实在是需要有好环境的。母亲她天天坐在"五月花"公寓的房间里,写她的"第二部",但她是个慢手,虽然进展顺利,还是没能写完。后来我发现,像我这样,寻寻觅觅,其实是将美国当成客体,母亲呢,则身在其中,经历着美国生活。

问:说到"摆脱"中国的感觉,从您的日记里我同时又读到了另一种对于祖国非常强烈的自尊心。比如10月14日,看中国电影《城南旧事》,香港作家潘耀明感叹说,中国还是不错的。而您说:"错又怎么样?错也是好的,不错也是好的。"就这么一个北京,就这么一个中国,要就全要,不要,就全没了。您怎么看待"摆脱"与"全要"间看似存在的矛盾?

答:那时候年轻气盛,刚从离群索居中走出来,一方面,惊艳于美国的富裕、丰饶、活跃、开放;另一方面,又抱着小心眼,过度敏感,处处提防。面对新世界,自身经验的价值变得可疑,难免是情绪化的。话是说得很激昂,很过瘾,但有多少理性的成分呢?事实上,这种"全要"很快就遭遇瓦解,不是说"中国特色"的市场经济吗?改革开放的几十年里,我们其实一直经历着艰难的取舍,处理两难处境的危机。这是历经着社会变革的人们共同的命运。

问:对于美国,茹志鹃老师的角度似乎是固定的,如她所说,一个站在外面看百货大楼橱窗的客边人。但您当时的思想似乎充满年轻人的感性和欲望。比如,您一直为一件标价四十九美元的人造毛里滑雪式外套何时降价而耿耿于怀,第三次去虽然只降了一美元,您也很高兴地买下了。这让我觉得很有趣。是否能谈谈您当时对美国或者说对西方世界的印象?

答:当时,爱荷华的购物中心,是我可以在里面流连一天半天的,十八年之后的 2001 年,再次去到爱荷华,非常惊异原来它很小,远不是记忆中的华丽。这十八年里,中国大陆在急剧地变化,记得我在美国第一次见识软包装的饮料,几个月以后回去,国内市场上已经有了。超级市场有了,可口可乐有了,很快,肯德基炸鸡有了,麦当劳也快了……而爱荷华依然没变,甚至还变得黯淡了。可是,我不能否认,我是在它身上开了眼,长了见识,培养了抵抗力,抵抗物质主义。2016 年,又回到爱荷华,遇到当年在纽约接待我们的朋友,她说起陪我去买靴子的情景,她说,我们都惊讶,这么高和细的后跟怎么走路啊!她清楚记得一个来自社会主义国家的女孩子如何被资本主义的繁荣吸引。这一会儿,她审视着我的保暖靴的方跟,欣然道:这才能走路呢!和母亲在美国的时候,那一次去芝加哥,逛百货商场,女装部的衣服争奇斗艳,李欧梵教授——我们住在他的公寓里——说道:王安忆,你看中哪一件,就停住脚不走,妈妈就会给你买了。母亲说了一句很有意味的话,她说:中国的女性不会在任何一件衣服跟前走不动的。这话是告诉他们也是警告我,不要沉溺在消费的欲望里。

问:这次美国之行后,您给聂华苓的信中坦陈,自己的创作经历了一次危机。您觉得这场危机和1983年美国之行有着什么样的关系?而当危机过去,您开始创作与之前风格不同的一些作品,比如《小鲍庄》、"三恋"系列等。您觉得创作的转变从何而来?

答:1984年的"危机",在后来的日子里发生过多次,我已经学会了镇定以对。美国之行是个表面的原因,巨大的差异让人怀疑已有的经验,包括生活和写作。事实上,可能意义更重要一些,我是以《雨,沙沙沙》以及"雯雯"系列受到读者和评论界的注意和好感,可是,单是少女"雯雯"已经不能满足我的写作和思想了,企图走到一个更广阔的天地,观望更广阔的人群,我很庆幸在这当口去了美国。一方面是歇下笔,再启程;另一方面,进取的焦虑被美国之行赋予了一个可以解释的表象和命名,似乎就有了可以解决的入手,具体到写作的现实,就是要求从主观世界走入客观世界,《小鲍庄》就是一个完整的客体。当然,幸运的是,正逢"寻根文学"运动兴起,这是又一个话题。总之,天时地利人和,缺哪一项都不行。

问:最后,我想和您聊聊朋友。在《母女同游美利坚》一书中,有些人给我留下很深的印象,比如陈映真、潘耀明、七等生。日记中,茹志鹃老师有意地阅读包括他们在内其他港台作家的作品,并自觉进行比较。而您鲜有谈及,当时您对港台作家和他们的文学创作有着什么样的印象?

答:母亲在爱荷华,读了很多书,她不像我有看美国的野心,她是有一点看一点,看到什么是什么。我们的回程是经过香港,母亲主要是去买书,买台湾作家,尤其乡土之争的作家的作品。她是在与港台作家的接触中得到书单,然后按图索骥。我却没有这个耐心和细心,这些人的作品,我是后来才接触的,宝贵的是我接触到了人,具体的生动的,最重要的就是你下一个问题中的陈映真。

问:陈映真和你们母女的关系,似乎构成了一股张力。他和您母亲更像一个阵营的同志,虽然在具体问题的看法上存在争议,但那更像人民内部矛盾。而和您,问题似乎更尖锐和直接,因而也更深刻。您是怎么看待当时您母亲和陈映真,以及陈映真和您相处的这股张力的?这种相处对当时的你产生了什么影响?

答:陈映真是非常尊敬我母亲的,并且非常重视和母亲相处,我想,母亲大概是他认识的第一个共产党人和解放军战士,原先从地下书籍中读到的,建立在利他主义上的人类理想,活化成一个具体的人,让陈映真无比兴奋。不巧的是,这正是我背叛前辈的时候,所以,我总是抢着要否定母亲,也就是陈映真说的"故意反对妈妈"。

这是陈映真第一次去美国,但他是抱着警惕性的,当时我不理解,有些理解是要积蓄许多时间才能做到一点点的,我不理解他的警惕性,美国第七舰队开进台湾海峡,从此拉开冷战的帷幕,政治意识形态将中国分离,你想能有什么好心情!当时我不以为然,但是他的思想渐渐释放着影响力,我想,在后来与大陆的接触过程中,他大约也会想起我的某些看法,多少有一点点同意吧!

问:《乌托邦诗篇》里有一句话:"我选择了这个人作解救我的力量。"在这里我注意到"我选择",您主动地"选择"陈映真作为一种解救的力量,但实际上您却并未完全地接受这股力量,或者说是将他对象化后有选择地接受了。能否请您具体谈谈您的这一选择?

答:关于陈映真,我已经说过太多的话,在这里就不重复了。但我可以向大家推荐母亲写陈映真的文章,题目叫《临风诉》,发表于《人民日报》1984 年 12 月 7 日。

2018 年 9 月 23 日　上海

答《中华读书报》舒晋瑜问

　　问:《考工记》是战国时期各工种规范与工艺的文献,这部书写老宅的命运,写上海"小开"的命运,为什么也叫《考工记》? 看完书,我最感到疑惑的,就是书名和内容是有些吻合,但并不完全吻合。

　　答:《考工记》当然是借用古代营造工艺官书名无疑,就像小说《长恨歌》的取名法。从字面看,故事以老宅子颓败修葺为线索,同时隐喻人在历史变迁、时代鼎革中不断修炼,终成结果,应是切题的。

　　问:历史风云在小说中只是背景,往往一笔带过,但是读者已经一目了然。如此淡化时代背景,这样的处理方式出于怎样的考虑?

　　答:小说中人物可说穿越时代而来,不能说"一笔带过",实实是当锣面鼓,每一时间段都迫切应对,压力重重,扭转生活走向,历史在个体命运中的体现不像教科书上的概念,而是具体的人和事,所以我不同意所谓"背景"的说法,而是前景,或者说是整体的情节。

问:小说写了几位上海"小开",但是和我们想象中的小开又完全不同,这是一群有教养、有规矩、有抱负的上海青年,不只是对各自的人生有脚踏实地的追求,对待女性也有礼有节,尤其是陈书玉,他心中的偶像是冉太太,遇不上那样的人,宁可选择独身。我想问的是,这样的一群上海青年,有多大的典型性或代表性?

答:"小开"是上海坊间对老板的儿子的称谓,就像今天所说的"富二代",和草创天下的第一代不同,他们生活优渥,接受良好的教育,在都会城市西式生活方式里,培养了绅士风度。陈书玉这样从旧时代过来的人,进入新时代困难重重,冉太太于他不只是"偶像",更是同时代人,他终身未娶,还因为目睹周围,生儿育女简直是"造孽"。至于"典型性"和"代表性",早在上世纪 90 年代,我曾写过一篇小文,主张"四个不要",其中一个"不要",就是不要"典型性",我更重视个体性。

问:小说中的几个女性形象,美好而生动,大虞的乡下女人,

"胆壮,不畏前畏后";朱朱的夫人冉太太的风范,即使丈夫被关进监狱去求人,也无"卑屈之态";学校的女书记,一个经历了战争的女人,在陈书玉心惊胆战的时刻送他"不卑不亢"四个字……女性在您笔下总是自强自立,在狂乱世事中独当一面,性格心理着墨不多,却跃然纸上,让人心情愉悦,大有提振士气之感。就想,在写这些女性形象的时候,您的心里也应该十分强大并且满怀美好吧?

答:我倒是无意识在这一部小说里树立女性形象,若要论及这一点,大约出于惯有的意识,女性比较男性适应度更高。我母亲有一个观点,说男性很硬,像钢,但一折就断;女性呢,就像蒲草,很软,但是柔韧,百折不挠。

问:小说中有一个非常重要的人物"弟弟",不是奚子的弟弟,只是一个称呼,小说中也始终以"弟弟"称呼,而"弟弟"的多处出现,又总是重要的场合,有着重要的见解。"弟弟"在小说中承担着引路人的角色,但描写也比较含糊,有一种神性的气息。是有特别的用意吗?

答:小说是世俗的艺术,它要求现实的合理性,要让陈书玉在新社会立足,需要条件,所以就必须创造机会,为他开辟通路,"弟弟"是一顶保护伞,同时,他随"弟弟"一行去大后方,再一个人回家,就有了和老宅子独自相守的时间,于是,开始了终生为伴的命运。

问：无论是婚姻大事还是老宅的处境，小说里多次出现"顺其自然"。这也是小说人物命运的走向，是否也是您的一种人生态度呢？

答：所谓"自然"，其实是不可抗力，风云变幻，连"弟弟"这样接近政权核心的人物，都不好说个定准。然而，在这不可测之中还是有所测，那就是——"变"，小说中人自有走向，不能简单视为作者的代言。

问：《考工记》很多叙述含蓄，而且结构紧密，如果漏掉一处可能就在下文衔接不上。这样的叙述手法，您是希望留给读者更多的想象空间吗？

答：这是小说者的本职，写作的时候，不会那么自觉地选择什么"手法"，也不会考虑给读者什么效果，而是因势进行，走到哪里算哪里，多少有一点命运感。

问：大虞去世后，陈书玉在他棺前地上的一坐，令人潸然泪下。是因为痛失兄弟的伤心，还是因修房大计少了主心骨的难过，同时或可理解为工匠精神的失去？

答：完全没有考虑"工匠精神"，这是新形势下的新意识形态吧！这部小说我还考虑过一个名字，叫"老友记"，但还是觉得"考工记"有古意，辐射也宽广些，可见"老友"是情节的重要部分。还是那句话，同时代人，大虞是和他相守最长久的，共同经历了最困难的时候，朱朱早退出了，奚子呢，可说分道扬镳，唯有大虞，简直莲子连心，这一回走了，当然是要哭的。

问：为了维护老房，陈书玉收拾补不胜补的破绽，甚至在台风来临的时候索性扑倒，像蜥蜴一样压在被狂风掀起的油毡上。读到这里特别感动，陈书玉对老宅、对传统文化的爱护和维护，却最终因家人索要赔偿得不到完善的解决拖延下来，结尾"那堵防火墙歪斜了，随时可倾倒下来，就像一面巨大的白旗"，这么写有何隐寓？

答：从广义上说，小说中的任何事物都是有隐寓的；狭义上则具体事具体分析。说它"白旗"，首先是由事实规定，因墙面是白的，小说方开场，陈书玉走近老宅的时候，第一眼看见的就是这面白色的墙，最后当它作"白旗"，一是老宅在塌陷，另外，多少有一点降将的意思。

问：这几年您的写作，无论是《天香》还是《考工记》，都有古典文学的气息，写作的内容，也都关乎中国传统文化，当然各有侧重，比如《天香》以江南"顾绣"的源流为线索，描写晚明时上海乃至中国民间生活、社会文化的面貌的背后，其实也有一点对上海资本主义化的反讽。而《考工记》在追寻城市发展史的过程中，更有"眼看着楼塌了"的无限悲凉。能否具体谈谈，《考工记》的写作对您而言，有怎样的挑战或意义？

答：我好像不觉得有悲凉的情绪，《天香》的"眼看着楼塌了"，同时眼看着四野盛开，赵昌平先生评论《天香》，有句子："莲开莲落，而又化身千红"，就指这个吧！新旧更替，是历史规律，《考工记》写的还是人，那老房子迟早要夷为平地，即便重建，也是当旅游景点，就已经是个变通了，我不惋惜。

问：在一次又一次回望过去、追溯历史的写作中，您获得了什么？

答：我想最好不要用"回望过去、追溯历史"的概念来解释我的小说。从叙事论而言，小说永远是在写过去的时间，当然，科幻小说除外，我想，发生在五十年内的事情，就不能成为历史，再则，《考工记》截止的时间已是两千年以后了；再从文类分，历史小说当是指历史事件的写作，《天香》写的依然是日常生活，只是年代久远些。我还是个现实主义者，贯穿我写作经历过程，至今未改。

问：您的写作越来越节制了，举重若轻。比如写冉太太和陈书玉之间的感情，再多的惦念和关心，也是不显山露水的；比如写陈书玉和大虞等比兄弟还深的感情,也是节制内敛的。这和您以往的写作也大有不同。您觉得呢?

答:确实,我写作越来越挑剔,希望有更好的细节,尤其语言,不容易使自己满意,我的要求是,雅俗共赏。所谓"雅"就是书面,所谓"俗"就是口语,冯梦龙整理的《山歌》《挂枝儿》一直是我追求的境界。

问:书中有一小节,涉及陈书玉家里窨井的一面铁盖,铜铸的镂空,一个散发女头像。这铁盖到底有何来历,陈书玉各处查询均没有找到答案。我在阅读中其实也希望有个答案,但是读完也没有发现,就想,也许这里正另有暗指,中国的文化博大精深,一处老宅藏有这么多稀奇珍贵的东西并不为奇,很想知道,您的答案是什么?

答:谈不上"博大精深",我只是想表示,上海这地方,华洋杂居,东西汇合,实际上没有什么根基,那老宅子并不是特别宝贵的文物,但在近代城市上海,却是个稀罕物,它的风格也是混搭。

问:小说中陈书玉和阿小的对话很有意思,似乎也在回答一代人的疑问,诸如如何解释人人都要留城,将下乡当处罚?诸如为什么又要接受贫下中农再教育?阿小的回答既简单又嘲讽:"因为城市一直在盘剥乡村"等。总之,小说中处处暗含类似的玄机,作品并不太长,却越读越感到它的厚重。这里,承载了您对于城市怎样的思考?

答:阿小是陈书玉的年轻朋友,因校长的关系,也因时代缘故,他也要吸收新鲜的因素。我还交给阿小一个任务,就是推动陈书玉修葺老宅。

问:如果说《天香》和《长恨歌》有一脉相承之处,是将笔墨重点放在女性成长历程和心灵史上,《考工记》的出现,很容易让人联想到《遍地枭雄》中上海男孩韩燕来这位来自社会底层的都市边缘人的抗争和宿命。多年来,您在创作中不断突破,不断带给读者新的阅读感受,是不是胜券在握?还是也像《考工记》中所说的"顺其自然"?

答:《考工记》和《遍地枭雄》在我的写作里有点例外,那就是写男性。我的小说大多以女性为主,男性人物不是所长,但这两个人物的特质已经远远超过性别的规定。再要纠正一点,"韩燕来"不能算作社会底层,恰恰是曾经的小康家庭,在城市扩大化中失去土地,他属于阶层更替中的失利者。我没有去"突破"什么,我一直延续写实主义的路数,从来没有超出这个范畴,只是努力向好罢了。

问:对于写作状态及节奏的调整和把握,您已经非常自然成熟,您觉得自己还存在写作的难度吗?上次在关于《天香》的采访时,您谈到材料的把握对自己构成难度,现在是不是有所突破?

答:材料是永远的问题,非但不可能突破——因为它和处境有关,而且越来越困难,因为越来越严苛,写什么,是个大问题,可能对自己的期望在提高,对小说的期望也在提高吧! 不像年轻的时候,似乎什么东西都可写成小说,幸而在那时候已经动笔,放在今天,也许就不会写了。到哪座山唱哪支曲吧!

2018 年 11 月 4 日　上海

"小说家的散文"丛书

（以出版先后排序）